罪な悪戯

愁堂れな

幻冬舎ルチル文庫

CONTENTS ✦目次✦

罪な悪戯

✦カバーデザイン＝小菅ひとみ（CoCo.Design）
✦ブックデザイン＝まるか工房

イラスト・陸裕千景子✦

罪な悪戯

monologue①

「やめろ……」

白い顔が目の前で引き攣《つ》り、醜く歪《ゆが》んで見えた。『恐怖に歪んだ顔』という表現が推理小説ではよく出てくるが、まさにこういう顔を言うのだろうなどと考えている冷静な自分が、同時にハアハアとまるで動物のような息遣いをしている。耳鳴りのように聞こえてくる己の鼓動の音は、目の前の歪んだ白い顔が発する悲鳴にもかき消されることなく、次第に私を追い詰めてゆく、そんな錯覚に陥りそうになる。

「許してくれ……」

既に彼の退路は私によって断たれていた。この部屋を訪れる度《たび》に実は気になっていた薄汚い壁の染《し》みが、歪み切った彼の醜い顔のすぐ横にある。それを見た途端、これ以上彼に相応《ふさわ》しい死に場所はないなという確信が胸に溢《あふ》れ、私は迷いなく彼の首へと手を伸ばした。

「助けて……」

大きく見開かれた瞳から、ぼろぼろと涙が零《こぼ》れ落ちる。ぎゅっと首を絞《し》める手に力を入れると、更に大きく見開かれた目からぼろぼろと涙が零れ落ちた。まるで雑巾を絞っているみたいだ。面白いな、とまた手に力を込めると、またぼろぼろと彼は涙を零す。

人を殺すことは案外簡単なものだな――案ずるより生むが易し、という言葉がふと私の脳裏に浮かぶ。人ひとりの命が今、私の手によってこの世から消え失《う》せようとしているとはとても思えぬ緊張感のなさ――私がこの世から消えるときも、こんなに呑気《のんき》に時は流れてゆくのだろうか。

「愛してるのに……」

既に涙も尽きてきたのか、首を絞める手に力を込めても彼の目から涙が零れ落ちることはなかった。真っ赤になった顔が次第に鬱血《うっけつ》し、どす黒くなっていく。

「嘘《うそ》だろ」

更に醜く歪んだ彼の唇が語った『愛』を私は即座に否定した。

「愛してる……」

既に意識が朦朧《もうろう》としてきたのか、うわ言のように彼はまたそんな『嘘』を繰り返す。

「愛してる人間が『会社にバラす』なんて脅すわけがないだろう?」

こんなときにまで嘘をつく彼への罰、とばかりに私は一気に両手で彼の首を絞め上げた。

びくびくと腕の中で彼は痙攣《けいれん》するように身体《からだ》を震わせ――やがて私の腕の中で、彼という人間から一個の物体と化した。

1

「そんなに怒らないでくださいよ」

ねえ、と甘えたような声を出した富岡《とみおか》が、駅への道を急ぐ田宮《たみや》のあとを追う。

「怒る怒らないの問題じゃないだろっ！」

振り返りもせず怒鳴りつける田宮に、

「だから反省してますって」

富岡は少しも反省の色が見られない口調でそう言うと、歩調を速めて田宮に追いつき、その腕を摑《つか》んだ。

「離せよっ」

「ごめんなさい」

キッと厳しい眼差《まなざ》しのまま後ろを振り返り、無理やり腕を振り解《ほど》こうとした田宮の前で、富岡がぺこりと頭を下げた。人のいい田宮が、素直に謝られては言葉に詰まるだろうということを予測しての富岡の計算ずくの所作だったのだが、その予測を外すことなく、田宮はうっと言葉に詰まった。

「反省してるから、一緒に帰りましょう」

してやったり、と富岡はにっこり笑い、田宮の顔を覗《のぞ》き込む。

「……やだよ」

「どうして？」

「どうしてってあのなあ」

肩を並べて歩き始めた富岡を、田宮が凶悪な顔で睨《にら》みつけた。

「あんなとこ見られて、どうしてそんなに平気でいられるんだよっ」

「ほんと、びっくりしましたねえ」

「笑いごとじゃないだろ⁉」

ますます激昂《げっこう》して大声を上げる田宮を、道行く人が何事かと振り返る。しまった、と首を竦《すく》めた田宮に富岡は、更に彼を激昂させることを囁《ささや》いてきた。

「ますます噂《うわさ》になっちゃいますよ？」

「お前なあっっ」

ついに出てしまった田宮の拳《こぶし》を、「おっと」と富岡が顔の前で易々と受け止める。

「大丈夫ですって。人の噂も七十五日」

「七十五日も我慢しろってか！」

「いや、今は情報化社会ですからね。三分の一くらいで済むんじゃないかなあ？」

「いい加減にしろっ」

離せよ、と握られた拳を振り解き、後ろも振り返らずに歩き出した田宮のあとを、

「待ってくださいよ」

と富岡が呑気に追いかけてくる。

「大丈夫ですって。なんとかなりますよ」

「なんの根拠があっての物言いだっ」

この生意気な後輩への田宮の対応はいつもつれないくらいのものなのだが、ここまで怒りを露《あらわ》にすることは——それこそ手が出るほどに怒るようなことはまずなかった。自分で思うほどには温和ではない田宮だが、それでも彼がここまで怒ることも珍しい。が、その理由を聞けば彼の怒りも至極もっともだった。原因を作り出したのは勿論《もちろん》、反省の見えぬ謝罪を繰り返している富岡である。

田宮をここまで怒らせた原因となった事件？　は、今から三十分前に起こった。なんと彼らは所謂《いわゆる》『濡《ぬ》れ場』と言われる場面を、同じ社の事務職に目撃されてしまったのだった。

田宮と富岡は同じ専門商社に勤める若手の総合職で先輩後輩の間柄である。二人の関係は

それ以上でも以下でもないのであるが、今から三カ月前、突然田宮は富岡に「好きだ」と告白されたのだった。

それまで何かと絡《から》んでくるこの生意気な後輩の、その動機が自分への恋愛感情だったと知った田宮はそれこそ天地がひっくり返るくらいに驚いたのだったが、彼の気持ちを受け入れることは決してできなかった。というのも、既に田宮には他に好きあっている相手がいたからである。

その相手――高梨良平《たかなしりょうへい》との出会いは、田宮が容疑者となったある殺人事件に端を発しているのだが、もともとその気《ケ》のなかった田宮も高梨だけには惹《ひ》かれるものを感じ、今では二人は田宮のアパートで同棲生活を営んでいた。

東大法学部卒、警視庁捜査一課警視というエリート中のエリートでもある高梨と田宮の関係は、高梨の職場ではオープンだったが田宮の周囲では知る者は一人しかいなかった。その一人が田宮に愛を告白したこの富岡なのだが、富岡は田宮の心を知りながらもどうしても諦《あきら》めることはできないと、日々無駄な努力を――飲みに誘ったり映画に誘ったり、食事に誘ったり――し続けていたのだった。

今日も今日とて時計が二十三時を回る頃、残業に精を出していた田宮に富岡は何かとちょっかいをかけていた。

「煩《うるさ》いなあ。もう帰れよ」

「一緒に帰りましょうよう」

必死の形相でパソコンに向かっていた田宮は、ゆさゆさと椅子《いす》を揺すられ、

「邪魔すんなよな」

と、肩越しに富岡を振り返り睨みつけた。

「怖い顔」

「誰のせいだ」

忙しいんだよ、とパソコンに向き直った田宮の背を富岡は不意に抱き締め、頬擦《ほおず》りしてきた。

「なっ」

ぎょっとして立ち上がりかけた田宮にぴたりと頬をつけ、富岡はくすくす笑いながら「ほんと、怒った顔も可愛いなあ」と彼を抱く手に力を込めてくる。

「離せって！」

最近ではこの種の『セクハラ』は日常茶飯事になっていたために、田宮もすっかり慣れてしまって——それはそれで問題だという意識は勿論彼にもあるのだが、騒げば騒ぐだけ富岡が面白がることもわかっているので敢《あ》えて平静を装っている部分もあった——煩そうに肩を揺すって富岡の手を緩めようとした。

田宮の抵抗がこの程度なのは、この『慣れ』に加えて富岡が決して無茶はしないということ

とを無意識のうちに彼が知っていたからかもしれない。富岡は年下ゆえか、はたまたその育ちのよさゆえか、田宮に無理強い《むりじ》をすることを好まず、絡むにしても彼なりの節度を外したことはなかった。それゆえ、日常茶飯事の彼の『セクハラ』にも田宮は耐えられているに違いないのだが、今日の富岡はいつもよりは少ししつこかった。

「それ、明日でも全然間に合うやつじゃないですか。帰りましょうよう」

更に強い力で抱きついてくる富岡は、ストーカーよろしく田宮の仕事内容をチェックしているようである。

「明日は早く帰るから駄目」

「ああ、もしかして『良平』が休みとか？」

更にストーカーチックなことを言い出した富岡には流石《さすが》に田宮も切れかけ、

「関係ないだろ」

と、じろりと富岡を睨み上げると「いい加減離せよ」と身体を揺すった。

「そりゃ関係ないですけど」

「お前も仕事終わったんなら早く帰れよ」

「あ、また邪魔にして」

「邪魔なんだよ」

もう、いい加減に仕事させてくれよ、と田宮が再び富岡を睨み上げるのに、「邪魔だなんて切ないなあ」と、冗談なんだか本気なんだかわからない口調の富岡は、ますますぎゅっと田宮の身体を抱き締め、頬に頬を擦り寄せてくる。

「やめろって！　気色悪いだろっ」

「気色悪いだなんて酷《ひど》いなあ」

「気色悪いものを気色悪いといって何が……って、おいっ」

田宮が大きな声を上げたのは、調子に乗った富岡がいきなり頬に音を立ててキスしてきたからだった。

「やめろよな！」

我慢も限界、と田宮が立ち上がって富岡を怒鳴りつけたそのとき、

「トミー、なにやってんのぉ？」

不意にフロアの入り口でした声に、田宮も富岡も驚いて、その姿のまま——富岡がべったりと田宮に身体を密着させているその格好のまま振り返り、そこに驚いた顔をして立ち尽くす二人の女性の姿を見出《みいだ》し愕然《がくぜん》としてしまったのだった。

それは、隣の部の、富岡の同期の事務職たちだった。今まで会社の近所での飲み会だったのだが、財布を机の引き出しに忘れてしまったことに気づき、取りに戻ったというのである。

「やだやだ、何やってんのお」

「いま、ちゅーしてなかった⁇」

それからが大騒ぎとなったのだが、田宮にとって——そして富岡にとって幸いだったのは、抱きつかれ頬にキスされているところを見られたにもかかわらず、随分と酔っ払っていた彼女たちに、それを単なる富岡の『悪ふざけ』と取られたことだった。『合コンキング』の異名をとる彼が周囲に無類の女好きだと思われていることも、その一助となっていたかもしれない。

「最近合コン企画してくれないと思ったら男に目覚めちゃったのお？」

「きゃー！『兄貴ぃ』ってやつ？」

「しかも相手が田宮さん？」

「トミーにしては趣味いいじゃん！」

散々騒いだあと彼女たちは終電がなくなる、と帰っていったのだったが、二人の姿が消えた途端、富岡が、やれやれ、というように溜息《ためいき》をつき、

「いやあ、参っちゃいましたねえ」

とあまりに軽い調子で田宮に笑いかけてきたものだから、それまでどうなることかと、自席ではらはらしっぱなしだった田宮の怒りが爆発してしまったのだった。

そのまま帰る、とパソコンの電源も切らず、鞄《かばん》を摑んで立ち上がった彼のあとを、富岡が慌てて追いかけてきて、先ほどからずっと田宮のご機嫌をとろうとしているのである。

「大丈夫ですって。あいつらもまさか僕が本気で田宮さんに惚《ほ》れてるとは思っちゃいないで

しょうしね」

いい加減機嫌を直してくださいよ、と富岡が駆け足で田宮の前に回り込み顔を覗き込んできた。

「当たり前だろ」

「あ、酷い。なんで『当たり前』なんて言えるかな？」

口を尖《とが》らせ、不満そうな声を出した富岡が田宮の腕をとる。

「おい」

「本気で惚れてるんですよ？　わかってます？」

慌てて手を振り解こうとした田宮の腕をがっちり摑み、富岡が顔を寄せ囁いてくる。

「わかるかっ！」

離せ、と田宮は無理やり富岡の腕を振り切ると、

「本当にお前はっ‼　反省の色がなさすぎるぞっ！」

と叫び、そのまま駅に向かって駆け出した。

「そんなに怒らなくてもいいじゃないですかあ」

冗談じゃない、と憤《いきどお》る気持ちがそのまま表れたかのような田宮の全力疾走に、富岡は追うのを諦めたのか、はたまた彼の怒りを鎮める術《すべ》がないことに気づいたのか、あとを追ってはこなかった。ちょうど来た地下鉄に飛び乗り、ドアにもたれかかりながら田宮は、本当にも

う、と大きく溜息をつくと、何も見えぬ車窓を眺めながらこの憤りを家に持ち込まぬようにと、気持ちを切り替える努力を始めたのだった。

田宮のアパートは東高円寺《ひがしこうえんじ》の駅から徒歩十五分ほどのところにある。以前ある事件にまきこまれて以来、深夜には駅からタクシーを使うようになったために今日もタクシーの世話になった彼は、車を降りた途端部屋に灯《あか》りがついていることに気づき、慌ててアパートの外付けの階段を駆け上った。

「ただいま!」

いきおいよくドアを開け、室内を見渡すと、

「ああ、おかえり」

シャワーから出たばかりらしい高梨が——同棲中の彼の恋人が、髪を拭《ぬぐ》いながら田宮へと近づいてきた。

「おかえりのチュウ」

シャワーの水滴の残る逞《たくま》しい胸に田宮を抱き寄せ、彼らの恒例行事? である『おかえりのチュウ』を——『おはようのチュウ』『いってきますのチュウ』『おかえりのチュウ』『お

やすみのチュウ』『いただきますのチュウ』などなど、挨拶のタイミングの度に彼らはキスを交わすという、まさに熱愛中のカップルなのであった——しようとする高梨の胸に田宮は手をやると、

「なんで？　今日は遅いんじゃなかったっけ？」

と大きな目を見開いた。

「充分遅い時間やないか」

「そりゃそうだけど……」

田宮が口を尖らせたのは、彼の『古風な』性格ゆえだった。自分も会社の仕事が忙しいにもかかわらず、彼は常に高梨のために飯や風呂を用意したいと思っているのだ。高梨の勤め先が『多忙』という言葉では足りぬほどの忙しさを極める警視庁捜査一課であり、休日であっても呼び出しがかかったり、事件によっては幾晩《いくばん》も泊まり込みをしなければならなくなるために、田宮はまるで『いい奥さん』さながらに高梨の体調を慮《おもんぱか》っているのであった。

「……おかえり」

田宮のそんなジレンマがわかりすぎるほどにわかっている高梨は苦笑するように笑ったあと、ちゅ、と軽く唇を合わせると、不意に彼の身体を抱き上げた。

「なに⁉」

バランスを失い、慌てて田宮が首にしがみついてくるのをしっかりと高梨は抱き直す。

「なんやごろちゃん、僕が帰っとるのが不満みたいやな」

「そんなことないよ」

わざとふざけた口調で笑う高梨に、田宮も笑って首を振る。

「ほんまやったら泊まり込みになりそうやったんを、竹中《たけなか》がうまいこと犯人《ホシ》落としてな、思いの外《ほか》早う帰れたんや」

「へえ、竹中君が？」

会話を交わしながら真《ま》っ直《す》ぐベッドへと向かい、どさ、とシーツの上に田宮の身体を落とすと、高梨はそのまま彼の上へと伸《の》し掛かってきた。

「ちょっと」

「なに？」

「俺もシャワー……」

あびたい、と言いかけた田宮の唇を高梨の唇が塞《ふさ》いだ。再びちょっと、と抗議の意を込めて田宮は高梨の胸を押し上げたが、やがて彼の裸の背に両腕を回し、くちづけに没頭していった。

「ん……っ」

高梨と田宮が顔を合わせるのは二日ぶりとなる。会いたかったという思いと触れ合いたかった劣情が互いに互いを昂《たか》め、いつしか舌をきつく絡め合う激しいくちづけへと雪崩《なだ》れ込んでいった。高梨の手が田宮のタイにかかると、田宮は一旦彼の背から腕を解き、自らシャツのボタンを外し始めた。唇を合わせたまま半身を起こし、手早く上着を脱ぐと、手首のボタンを外すのももどかしくシャツを脱ぎ捨て、唇を外してTシャツも頭から脱ぎ捨てる。その間に高梨が田宮のベルトを外しスラックスのファスナーを下ろして下着ごと脱がせ、田宮をあっという間に全裸にすると自分も腰に巻いたタオルを床へと落とし、そのまま二人してベッドに倒れ込み再び激しく唇を合わせ始めた。

「ん……っ」

既に勃《た》ちかけていた高梨の雄が田宮の腹に擦《こす》れ更に硬度を増してゆく。その熱が田宮の劣情を煽《あお》るのか、高梨の手がかかる前に自ら大きく脚を開くとその脚を高梨の腰に回し、己の方へと引き寄せるようにぎゅっと力を込めてきた。

「……っ」

二人が身体を重ね始めて随分になるとはいえ、閨《ねや》での田宮はいつまでたっても初々《ういうい》しいままで、恥じらいからかなかなか自分の望むことを言葉や態度で示せずにいるのだが、今日は珍しく積極的だな、と高梨は一瞬探るように田宮を見下ろした。が、再びぎゅっと腰を抱き寄せる彼の脚の感触の前にはそのような冷静さは吹っ飛び、田宮の望むままに浮いた腰に手を伸ばすと、双丘を割った。

「……あっ……」

押し広げたそこへと指を差し入れ、ぐるりと掻《か》き回してやると、田宮は合わせた唇の間から堪《こら》えきれぬように声を漏らした。なおもぐい、と奥を抉《えぐ》るとその指の動きを促《うなが》すかのように腰を上げ、高梨の背に回した脚にまたぎゅっと力を込めてくる。いつにない田宮のねだるようなその仕草は高梨を昂めきるには充分で、指でそこを大きく広げると勃ちきった己の雄を早くも捻《ね》じ込もうとした。

「……っ」

性急すぎる挿入に、痛みを覚えたのか田宮が眉を顰《ひそ》めた顔を見て、高梨はしまった、と腰を引きかけたのだったが、一瞬早く田宮の、彼の腰に回した両脚がその動きを制し、更にぐい、と己の方へと高梨の腰を引き寄せた。

「……大丈夫?」

唇を離し、掠《かす》れた声で問いかけた高梨に、田宮は薄く目を開き、うんと小さく頷《うなず》くと更にぎゅっと彼の腰を抱き寄せた。

「…………」

何か嫌なことでもあったのか——それを行為の昂揚に紛らわせようとしているのではないかと高梨は再び探るように田宮の顔を見下ろしたが、今は何より彼の望むものを与えてやろうと湧き起こる疑問に蓋《ふた》をすると、田宮の奥を更に抉る激しい突き上げを続けたのだった。

「大丈夫？」

数度絶頂を迎えたあと、気を失うようにして己の胸に倒れ込んできた田宮の顔を、高梨は心配そうに覗き込んだ。

「…………」

大丈夫、と答えようにも息が上がってしまって頷くことしかできない様子の田宮は、それでも高梨の心配を和らげようと微笑《ほほえ》み首を縦に振ってみせた。

「喉《のど》、渇かへん？」

水でも持って来よか、と尋ねると、遠慮したのか今度は首を横に振る。

「かんにん」

「……なにが？」

ようやく整ってきた息の下、田宮が掠れた声で囁いたその響きに、高梨の背にぞくりと悪寒によく似た感触が走った。疲労の色が濃い白い顔で囁かれる気《け》だるい声があまりにも淫蕩《いんとう》に高梨の耳に響き、再び彼の胸に、そして下肢に欲望の焰《ほむら》がともりそうになる。これ以上無理をさせるわけにはいかない、と高梨は田宮の身体をそっと己の胸から引き剝《は》がし、ベッドに仰向《あおむ》けに寝かせると、物言いたげに目を見開いた彼の額《ひたい》にキスをして、そのまま勢いよくベッドから下りた。

「良平?」

いいのに、と小さく呟《つぶや》く彼を肩越しに振り返り、

「水、取って来るわ」

「僕が飲みたいんや」

ぱちりと片目を瞑《つぶ》ってみせる。

「ごめん」

それでも申し訳なさそうな声を出す田宮に高梨は無言のまま微笑むと、自分が如何《いか》に体力を余しているかを示すような軽い足取りでキッチンへと向かい、冷蔵庫からミネラルウォーターのペットボトルを取り出そうとした。と、そのとき、ベッドサイドに置いた高梨の携帯電話の着信音が室内にこれでもかというほどの大きさで鳴り響いた。

「良平」

田宮が慌てて身体を起こし、携帯を手にキッチンへと走ってくる。

「おおきに」

ほの暗いキッチンに浮かび上がる田宮の白い裸体に高梨の劣情はまたそそられたが、それどころではないかと自身を戒め差し出された携帯を開いた。予想どおりこんな夜中に携帯を鳴らすのは職場の人間だった。

「はい、高梨」

『あ、警視、遅い時間にすみません』

電話の向こうで緊迫した声を発しているのは、本日の功労者でもある捜査一課の竹中だった。

「いや、竹中こそご苦労さん」

『ようやくヒトヤマ越したと思ったらまた殺人事件です。場所は早稲田《わせだ》のワンルームマンション、住所は……』

一瞬周囲を見回した高梨の様子に、田宮はすぐ室内の灯りをつけるとメモとペンを差し出した。おおきに、と高梨は目を細めて笑い、竹中が疲労の滲《にじ》む声で告げる現場住所を書き留めた。

「すぐ向かうわ。ほんま、お疲れ」

『いやいや、警視こそ「お疲れ」なんじゃないですか』

「何が言いたいんかな？」

ふふ、といやらしげに笑う高梨の様子から、田宮は二人の会話の内容を察したらしい。『馬鹿』と声に出さずに呟くと、全裸の自分の姿を恥じて慌ててベッドに駆け戻っていった。くす、と笑いを漏らした高梨に竹中は、

『ごろちゃんにも宜《よろ》しく』

と室内の光景を想像したのか、笑いを含んだ口調でそう言い、それじゃ、と電話を切った。

「出かけるのか？」

やれやれ、と溜息をついた高梨の前に、シャツを羽織って現れた田宮の手にはバスタオルが握られていた。うん、と高梨が頷くと田宮は無言でタオルを差し出し、眉間《みけん》に皺《しわ》を寄せて高梨の顔を見上げてきた。

「泊まり込みになりそうかな？」

「うーん、どうやろ。また電話するわ」

タオルを手に浴室へと向かいかけた高梨は再び田宮の方を振り返り、なに、と顔を上げた彼の唇を唇で塞いだ。

「おおきに」

「え？」

「ほんまごろちゃんは、『刑事の嫁さん』の鑑《かがみ》やね」

「なに言ってんだか」

馬鹿か、と笑った田宮が背伸びをして、ちゅ、と軽くキスをする。

「そやし、よう気ぃつくし、僕が出っぱなしでも文句一つ言わへんし」

「そんなことないよ」

褒《ほ》め言葉に弱い田宮がぶっきらぼうにそう言い背を向けるのに、

「こうして何も言わんでもタオルは出てくるしな」

ほんま、おおきに、と高梨は去りかけた田宮の腕を摑んで引き寄せると、またちゅ、と軽く唇を塞いで微笑んだ。

「気をつけてな」

「ごろちゃんこそ」

高梨の脳裏に、行為の最中、いつもと違う反応をみせた田宮の姿態が甦《よみがえ》る。

「俺は気をつけることなんかないよ」

あはは、と笑った田宮の顔を高梨はしばし見つめていたが、「なに?」と首を傾《かし》げられ「まあええか」と笑って再び軽いキスを交わすと、足早にバスルームへと向かった。手早くシャワーを浴びている間に、高梨の脳裏にまた、田宮が性急に己を求めてくれた、いつにない仕草が甦る。

「…………」

気にはなるが、本人が言いたがらないものを敢えて追及するのはどんなものか——一瞬放心したようにシャワーを浴びていた高梨だったが、

「着替え、出しといたから」

という脱衣所の田宮からの呼びかけに我に返った。慌ててこれから向かう事件へと思考を切り替えるべく頭から湯を被《かぶ》った高梨は、それでも一段落ついたら必ず電話は入れようと心

を決め、甲斐甲斐《かいがい》しく世話を焼いてくれる愛《いと》しい恋人に向かい、

「おおきに」

と明るく返事をしたのだった。


「それじゃ、いってきます」

夜中だというのに再び現場へと向かわざるを得ない高梨を『いってらっしゃいのチュウ』で見送ると、田宮は、はあ、と大きく溜息をつき、一人になった室内をぐるりと見渡した。

もともと二人で住むには狭すぎるほどに狭い部屋ではあるのだが、高梨を送り出したあとに見回すと、一人で暮らしていた頃よりも随分広く感じてしまう。それだけ高梨との生活が自分にとってのそれこそ『日常』になってしまっているのだろう、と田宮はなんとなく微笑んでしまいながらベッドに戻り、行為のあとの気だるい身体を横たえた。

『ごろちゃんこそ』

これから現場へ向かおうとしているときだというのに、高梨に気を遣わせてしまった自分が情けない。いくら会社で嫌なことがあったとしても——と、ここで彼はその『嫌なこと』を思い出してしまい、またはあ、と大きく溜息をつくと、頭を振ってその原因を——人を食

ったような富岡の小憎《こにく》らしい顔を追い出し、布団を被った。

『人の噂も七十五日』

ね、と、少しも反省の色の見えなかった富岡の言葉が、被った布団の向こうから聞こえてくる。

『情報化社会ですからね。三分の一くらいで済むんじゃないかなあ？』

なにが情報化社会だ、噂になどなってたまるか、と憤懣《ふんまん》やる方なく田宮はまた大きく溜息をつくと、無理やり目を閉じ耳を塞いで、眠る努力を始めたのだった。

人の噂も七十五日——確かに情報化時代の今、人々の関心は次から次へと移っていく。それを思えば富岡の言葉もあながち口から出任せではなかったかもしれない。

だが、この先七十五日ではとても済まないほどの人々の関心を引く出来事が待ち構えていようとは、田宮はもちろん、誰一人として予測できるものではなかった。

2

翌日、出社した田宮を待っていたのは黄色い歓声と興味深げな視線だった。

「田宮さん！　本当ですか？」

「え？」

同じ課の二年目の事務職が、顔を真っ赤にしながら田宮に迫ってくるのにたじたじとしていたところ、

「ちょっとやめなさいよう！」

「そうよ！　本人に聞く馬鹿が何処《どこ》にいるのよう！」

先輩事務職たちが慌てて飛んできたと思ったら、やはり興奮に顔を赤くして田宮のことをもの言いたげに見つめてきた。まさか、と後ろの席の富岡を振り返ったところ、富岡が同期の事務職たちに囲まれている姿が目に入り、その会話まで聞こえてきた田宮は頭を抱えてしまった。

「まったくお前ら、何面白がってんだよ」

「だって美恵子《みえこ》と聡子《さとこ》が見たって言うんだもん」

「禁断のオフィスラブ発覚！　ってウチの部でも噂になってるよ」

「噂にしてんの、お前らだろ？」

　ふざけんなよな、と彼女らを睨みつつも富岡の顔は笑っている。笑ってる場合じゃないだろう、と睨んだ田宮の視線に気づいたのか、富岡が田宮に笑いかけたのに、周囲の事務職たちはまた黄色い歓声を上げた。

「やだー、目と目で話してる」

　いや、話してないし、と慌てて目を逸《そ》らした田宮にまた、

「田宮さん、赤くなってるう」

「可愛い‼」

　という彼女たちの黄色い声が飛ぶ。三十前の男を捕まえて何が可愛いだ、と心の中で悪態をつきつつ席に着いた田宮に、隣の席から杉本《すぎもと》が、

「なんだよ、あれ？」

　と、心底不思議そうに話しかけてきた。

「さあ？」

「朝から女の子たちがきゃーきゃー騒いでるんだが、なんかあったのか？」

「よ、よくわかりません」

　まさか昨夜富岡にキスされたのを――といっても頬にだが――見られてしまいました、と

正直に答えることなどできるわけもなく、田宮は引き攣る笑顔で答えると、あとは問いかける隙《すき》を与えまいとパソコンに向かった。

「ほらあ、もう始業だろ。くだらないこと言ってないでさっさと席に戻れよ」

そんな田宮に気を遣ったのか、富岡が群がる事務職たちの背を促すようにしてフロアの入り口へと追い立てていく。

「すっかり女嫌いになっちゃったんだあ」

「もう合コンしないのお？」

明るく笑っている彼女たちの様子からすると、どうやら噂を本気にしているわけではなく、単に面白がっているだけのようである。最近めっきり付き合いの悪くなった——その分田宮に付き纏《まと》うようになっているのだが——富岡への意趣返しもあるようだ。やれやれ、と半ばほっとしつつ、半ば、全然大丈夫じゃなかったじゃないか、と憤りつつ新着のメールを見始めた田宮の耳に、

「なんだよ、お前まで」

という呆《あき》れた富岡の声が飛び込んできた。

「『なんだよ』じゃないわよ。人が親切に教えにきてあげたのにさ」

事務職たちを追い出したフロアの入り口から彼女たちと入れ違いに入ってきたらしい、女性にしては長身のその姿に、田宮をはじめフロアの人々の視線が集まった。ぱっと目を引く

美人であることに加え、社内事情にそれほど詳しくない田宮も知っているほどの有名人だったからである。最も美人が多いといわれる人事部の中でもナンバーワンとの呼び声が高い彼女の名は西村里佳子《にしむらりかこ》。富岡の同期で遊び仲間でもあるらしく、田宮も何度か彼と親しげに会話をしているところを見たことがあった。上から下までそれこそ雑誌のグラビアから抜け出してきたようにキメている彼女と、やはり身だしなみには人一倍気を遣うと豪語して憚《はばか》らない富岡のツーショットはなかなか絵になるものがある。だがその絵になる二人が交わし始めた会話の内容は、田宮には頭が痛い以外の何ものでもなかった。

「何を教えにきたって？」

「トミー、佐伯《さえき》のことフったでしょ？」

「なんでそんなこと知ってんだよ」

さすがに人の目が気になるらしく、声を潜《ひそ》めた富岡に対し、西村の声はますます大きくなった。

「ヤるだけヤって捨てられた、ヒドイ男だって本人が言いふらしてたから。まあ誰も信用してないけどね」

トミーにも選ぶ権利があるもんねえ、と笑った彼女を、

「……で？　それをわざわざ教えにきたって？」

いい加減にしろよな、と富岡が軽く睨んだ。

「違う違う。その佐伯がそのことまだ根に持ってたみたいで、密告《ちく》ったのよ」

「密告った？」

何を、と問いかけた富岡への彼女の答えに、田宮は驚きのあまり声を上げそうになってしまった。

「今回のキス騒動。人事部のセクハラ相談室にメールがきてね、残業中とはいえ、職場で『不適切な行為』に耽《ふけ》っている人たちがいるという噂がある。しかも『同性愛』であるって。社外にそんな評判が流れたらリクルートにも影響するんじゃないかって余計なお世話なことまで書いてあったらしいよ」

「なんだって！」

富岡の大声にフロアの視線がいっせいに集まった。

「なに？『キス騒動』って」

当の相手をまさか自分とは思っていないらしい杉本が問いかけてくるのに、田宮は「さあ？」とまた引き攣った笑いで答えた。

「身から出た錆《さび》ね」

けらけらと笑った西村は、ぱんぱん、と富岡の肩を叩くと、

「勿論部長も悪戯《いたずら》だとは思ってるんだけどね、投書がきたからには話を聞かなきゃいけないってことに朝の会議でなったらしくて、きっと人事から呼び出しがくるよ」

それをわざわざ教えにきてあげたのよ、と恩着せがましく聞こえるような口調で西村は言い、にっこりと彼に笑いかけた。

「……呼び出し？」

「そ。多分三条《さんじょう》課長からじゃないかなあ。ことの真偽を問うって感じだと思うんだけど、それにしてもなんでそんな噂が出たの？　まさかほんとにキスしてたってわけじゃないんでしょ？」

「俺が知るかよ」

とぼけた富岡の返答を聞き、いや、誰よりその理由はお前がよく知ってるだろう、と、怒りのあまりぎりぎりと奥歯を噛《か》み締めていた田宮の目に、ポン、とメールが届いたという合図の画面が映った。なんとなくいやな予感がしつつアウトルックを開いた田宮の口から、はああ、という大きすぎるほど大きな溜息が漏れた。

「どうした？」

何も知らない杉本が気配に驚き声をかけてきたが、言葉を返す余裕は既に田宮には残っていなかった。届いていたのは社内メールで、件名は『面談の件』。発信人は——先ほど名を聞いたばかりの『人事部人事課長　三条貢《みつぐ》』だったからである。恐る恐る開いたメールの本文は、

『至急貴職との面談を実施致し度《た》く。本日十時に人事部に来てください。都合のつかない場

合のみ電話乞う。内線５１６２』

――人事部からの緊急の呼び出しの用件は、どう考えても先ほど西村が富岡に教えにきた内容に違いなかった。

「げ、なんだよ、これ」

その西村を送り出し、席へと戻ってきた富岡もメールの画面を前に大きな声を出している。

「田宮さんのとこにもきてます？」

「うるさいっ」

参っちゃいますよねえ、と少しも悪びれることなく笑いかけてきた富岡を怒鳴りつけた田宮だったが、途端に皆の笑いを含んだ視線が集まるのを感じ、しまった、と顔を伏せた。

「なに？　ほんと、どうしちゃったの？」

唯一噂が耳に届いていないらしい――こういうボケたところがまた、彼の魅力でもあるのだが――杉本だけが不思議そうに富岡と田宮を代わる代わるに見ながら尋ねてくる。

「人事の呼び出しなんですよ」

「人事の？」

そんな彼に自ら噂を伝えようとし始めた富岡の腕を摑み、田宮は無言のまま彼をフロアの外へと引っ張っていった。周囲にざわめきが溢れるのがまた彼の神経をささくれ立たせる。

「どうしたの？」

「あのなあ！」

普段とまったく変わらぬ人を食った態度のままの富岡を、田宮は思わず怒鳴りつけてしまった。

「なにが『大丈夫ですよ』だ！　ちっとも大丈夫じゃないじゃないか！」

「ほんと、参りましたよねえ。まさか人事に密告るバカがいるなんて……」

「それもお前のせいだろう‼」

「なんだ、聞いてたの？」

「聞こえてたんだ‼」

「ほんと、失礼しちゃいますよねえ」

「失礼はお前だっ」

喋《しゃべ》れば喋るだけ腹が立つ、と田宮は凶悪な顔で富岡を睨みつけると、

「ともかく‼　噂が収まるまで俺に話しかけるな！　それ以上に自分で噂を広めるな！　わかったな？」

と言い渡し、そのまま踵《きびす》を返そうとした。

「そんなあ。七十五日も田宮さんに話しかけられないだなんて」

「なにが七十五日だっ！」

ちっとも本気で憂えているようには見えない富岡の言葉に更に怒りを煽られ、田宮は再び

彼を大声で怒鳴りつけてしまった。

「お前、ぜんぜん反省の色がないじゃないか！」

「いやね、こうして噂を立て周りから固める作戦っていうのもアリだったかなあって」

冗談とは思えぬ口調でそう言い、にっこりと微笑んできた富岡にはさすがの田宮もブチ切れた。

「いい加減にしろっ」

「おっと」

殴りつけようと出した拳を軽く右手で受け止め、富岡は、

「冗談ですって」

と笑うと、

「ところで、人事呼び出しって何時でした？」

と、問いかけてきた。

「十時」

「僕は十時半。やっぱり三条課長から？」

「ああ」

「西村の話だと、ニューヨーク帰りの超切れ者らしいですよ。まだ三十五歳で当社の人事を仕切ってるって」

「へえ」

怒りは収まらなかったが、これから面談しなければならない相手の情報を教えてくれたことはありがたいと、田宮は拳を解いた。

「リストラから人事考課まで、殆《ほとん》ど三条課長の描いた絵のとおり進んでいくらしいですよ。人事担当役員も最近じゃ部長を飛ばして三条課長に相談に来るって」

「それも西村情報か？」

「そ。あいつ、人事部長の秘書をしてる上に好奇心旺盛なもんで、人事のその辺の男連中より事情通なんですよ」

「随分仲いいんだ？」

田宮がそんな問いかけをしたのに深い意味はなかった。社内一の美人と称されている西村から、同期とはいえそれだけのことを簡単に聞き出すことができるなんて、相当仲がいいんだな、と思っただけだったのだが、途端に富岡はなんともいえない嬉《うれ》しそうな顔になり、田宮の顔を覗き込んできた。

「やだな、妬《や》いてるの？」

「はあ？」

なんでそうなるんだ、と呆れる間もなく、富岡は大真面目《おおまじめ》な顔になると、

「西村はただの合コン仲間ですよ。田宮さんが妬くことなんかぜんぜんありません」

と田宮の両肩を摑んだ。

「誰が妬くかっ」

「頭の回転速くて話してて面白いし、持ってる情報も速いんで付き合ってるだけですよ。アッチも似たようなモンじゃないかな。あいつはその三条課長狙《ねら》いだって昔騒いでましたしね」

「だから妬いてないって言ってるだろ」

もう、と富岡の手を振り解くと、田宮は再びにやにや笑いを浮かべている富岡を睨みつけ、

「ともあれ！　さっきも言ったけど、噂が収まるまでは俺に話しかけるなよなっ」

と言い捨てると今度こそ本当に踵を返す。

「大丈夫ですって。噂なんて明日には消えちゃいますよ」

呑気すぎる富岡の声にまた振り返りかけた田宮は、相手にしてはいけない、と気力で怒りを抑え込むと足早に自分の席へと戻った。そろそろ人事との面談時間が近づいている。

「本当にもう……」

一体人事から何を聞かれ、俺は何を答えるのだろう、と田宮は再び『やり手』と噂の人事課長、三条のメールを眺め、昨日から何度ついたかわからない大きな溜息をついたのだった。

「どうぞ、こちらに」

約束の十時より五分ほど早く人事部を訪れた田宮は、すぐに彼の姿を見つけてくれた人事課長三条に会議室に連れていかれた。上座を勧められて席に着くと、

「ご足労おかけし申し訳ありませんでしたね」

と、三条はにっこりと田宮に笑いかけてきた。『三十五歳の若さで人事を仕切っている』という噂に違《たが》わぬ鋭い眼光に圧倒されてしまい田宮は「いえ」と言葉少なく答え頭を下げた。

「田宮吾郎《ごろう》さん。国内営業第一部所属、入社八年目……でしたよね」

「はい」

「去年三カ月入院なさっている」

「はい」

「…………」

三条はここで興味深げな視線を田宮に向けてきた。去年までニューヨークにいたという話だったので、『あの事件』のことは耳に入っていないらしい。

「何か事件に巻き込まれたとか？」

「ええ、まあ……」

これ以上突っ込まれないといいな、という田宮の願いが通じたのか、三条は、

「そうですか」

と笑うと、眼鏡越しにまたにっこりと微笑みかけてきた。『好感度』を計算し尽くしたような笑みに、田宮も愛想笑いを返す。それにしても本当に絵に描いたようなエリート振りだ、と、田宮は目の前の三条の顔を盗み見、心の中で感嘆の溜息をついた。

身長は百八十くらいだろうか、すらりとした長身を包む仕立てのいいスーツ。『人事』の人間らしい目に眩《まぶ》しい白いワイシャツに決して『地味』ではなく『シック』なタイがよく似合っている。頭髪には一筋の乱れもなく、勿論髭《ひげ》の剃《そ》り残しなどは少しもない。縁なしの眼鏡の向こうから覗く瞳は知性と教養をあますところなく伝えていて、向かい合う人間にいらぬコンプレックスを抱かせるほどだった。社内一の美人といわれる西村が『狙っている』のも頷ける整った容貌《ようぼう》に、また作ったような笑みが浮かぶ。

「早速今日、田宮さんにお越しいただいた理由を説明しましょう」

そう言ってこのエリート課長が内ポケットから取り出したのは、メールをプリントアウトしたものらしかった。

「今朝、このようなメールが人事のセクハラ相談室に来ましてね。田宮さんの名前が当事者として上っていたもので、一応事情をお聞かせいただきたいと思いまして」

「……はあ」

恐る恐る田宮は三条の手から自分の名が入っているというメールを受け取った。目を通した瞬間、激しい脱力感が彼を襲った。

『国内営業第一部一課の富岡さんと二課の田宮さんが、深夜残業中にデスクでキスをしていたらしいです。富岡さんは深夜残業が多いそうですが、仕事量からいってもそれだけの残業になるのは疑問視されていると聞いています。人目を忍んでキスするために深夜まで残っているのだとしたら、残業代泥棒ということにならないでしょうか。また、会社に同性愛者がいるという噂にでもなれば、取引先への評判も悪くなり、ひいては来年のリクルートにも影響してくると思います。厳重注意していただきたいと思います』

拙《つたな》い文章の中にも、これでもかというほどの富岡への恨《うら》みが込められているような気がして、田宮はやれやれ、とひそかに溜息をついた。このメールを書いた動機は、確かに西村の言うとおり『ふられた恨み』なんだろう。それなら自分の名前まで出さなくてもいいじゃないか、とそれこそ富岡がふったというこの投書の主——たしか佐伯といった——を逆恨みしかけた田宮だったが、

「事実関係をお話しいただけますか？」

という三条の問いに我に返った。

「事実関係？」

「ええ、このメールに書かれていることは事実なのですか？」

テーブル越しに座る三条に身を乗り出すようにして顔を覗き込まれ、田宮は一瞬言葉に詰まった。昨日キスされた——しつこいようだが頰に、だが——のは確かに『事実』だが、あ

との内容はとんでもないでっち上げである。隣の課ではあるが、富岡の仕事量が半端でないことは田宮もよく知っていたし、何より部の方針で富岡は規定時間以上の残業は申請していないはずだった。田宮も深夜残業したとしても、月五十五時間という規定内に申請は留《とど》めているし、休日出勤しても滅多に申請することはない。それを『残業代泥棒』とまで言うのはどうかと、その憤りもあって田宮は、

「事実無根です」

と、少々の罪悪感を胸にそう言い切った。

「事実無根？」

「ええ、富岡の業務量は深夜残業になって当然という量だと思います。残業代泥棒というのは明らかに誹謗《ひぼう》です」

「……そうですか」

三条が田宮へと真っ直ぐに右手を伸ばし、彼の手からメールを再び取り上げた。

「昨夜も二人して深夜残業をなさっていたのですか？」

視線をメールに落とし、しばしそれを無言で眺めていた三条が田宮に再度問いかけてきた。

「はい」

「このメールに書かれているようなことがあったのですか？」

三条がメールから顔を上げ、真っ直ぐに田宮を見つめてくる。眼鏡の奥の厳しい双眸《そうぼう》は決

して噂をはやし立てる事務職の女の子たちのように面白がっている風ではなく、彼が本気で事実関係を確かめようとしているのだということが察せられた。だからといって『YES』と答えられるわけもなく、田宮はそんな彼の真摯《しんし》な眼差しから目を逸らすと、

「事実無根です」

と、再び同じ言葉を繰り返した。『キスしていた』事実はない。『されていた』んだものな、と我ながら屁理屈と思える言い訳を心の中でしていた田宮の前で、くす、と三条が小さく笑う気配がした。思わず顔を上げると、

「いや、別にこのメールにあるように、『同性愛者がいることでリクルートに響く』と人事は考えてるわけじゃないんですけどね」

先ほどまで厳しさしか感じられなかった三条の瞳が、眼鏡の奥で柔らかな微笑みに細められていた。思わず惹き込まれそうになる魅力的な笑顔だが、これももしかしたら計算し尽くされたものなのかもしれないという考えが田宮の内に芽生《めば》える。それほどに何故《なぜ》か人間味を感じさせないこのエリートを地でゆく男は、なんと相槌《あいづち》を打ったらいいかわからず「はあ」と言葉少なく俯《うつむ》いた田宮に、

「一応事実関係だけは確かめたいと思いましてね。わざわざお呼びたてして申し訳ありませんでした」

再びにっこりと見惚《みと》れるような微笑みを浮かべそう言うと、先に椅子から立ち上がった。

「いえ」

面談は終了ということか、と何事もなく終わったことにほっとしつつ田宮も立ち上がり、それでは、と三条の前で頭を下げた。

「しかし人事部始まって以来ですよ。こんな悪戯は」

ドアを開いてくれた三条が、部屋を出かけた田宮にくすくす、と笑って話しかけてくる。

「……はあ」

そりゃそうだろうと思いつつも、そうは言わずにただ黙って頷いた田宮に三条は、

「悪戯なんですよね？」

何を思ったか再び彼の顔を覗き込んできた。

「はい？」

微笑を湛《たた》えてはいたが、眼鏡の奥から真っ直ぐに田宮を見据《みす》える瞳は笑ってはいなかった。笑っていないどころか、なんの感情も宿していないようなその眼差しに、田宮の背筋に悪寒としかいいようのない感覚が走った。

「……はい」

「すみませんね、確認するようなことを言ってしまって」

再び微笑みに細められた瞳になんとなくほっとし、田宮も「いえ」と微笑を返した。人の心を冷えさせる眼差しをもつこの人事課長は、田宮と肩を並べて歩きながら、気さくに話し

かけてきた。

「このあと、念の為富岡君にも話を聞くことになっています。そろそろ来てるんじゃないかな」

「そうなんですか」

適当に相槌を打った田宮と三条は同時に部長秘書の西村と歓談している富岡の姿を認めた。富岡もすぐ田宮に気づいたようで、どうも、というように右手を挙げてみせる。

「それじゃ、どうもありがとうございました」

三条が田宮の背中を軽く叩《たた》いたあと、富岡に向かって「富岡君だね」と確認をとった。

「それじゃ、部屋に行こう」

先に立って今まで田宮と面談をしていた部屋へと歩き始めた三条のあとについて、富岡が足を進めていく。

「どうでした？　面接」

しばし彼らの後ろ姿を目で追っていた田宮は、突然声をかけられ驚いてその方を——声をかけてきた西村の方を見やった。

「どう？」

「なんか言われましたか？」

富岡曰《いわ》く、『好奇心旺盛』な西村が目を輝かせて問いかけてくる。

「いや、別に」

「事実関係を確認するって感じでした？」

これもまた富岡曰く『事情通』らしい問いかけをしてきた西村と田宮とは今まで会話どころか挨拶さえ交わしたことがなかった。にもかかわらず、フレンドリーな口調で西村は田宮にあれこれと話しかけてきた。

「まあそんな感じかな」

「そんな質問すること自体がセクハラじゃないですかねえ」

「そんな質問？」

なんのことだ、と眉を顰めた田宮に、

「『君たちは本当にキスしてたのか？』とか、聞かれたのかなって」

西村はそう答えたあと、それはないかな、と屈託なく笑った。

「……あのねえ」

完全に面白がってることがわかり、田宮が軽く睨むと、西村は「冗談です」と再び笑い、

「それにしてもいい迷惑でしたよね」

と今更のように気の毒そうな顔をした。

「本当にね」

思わずぶすりと答えた田宮に、西村はまた、あはは、と笑うと、

「よりにもよってトミーとホモ疑惑じゃ、田宮さんが怒るのも無理ないですよね」

とずばりとそのままを言ってきた。

「あのねえ」

再び田宮がぺろりと舌を出した彼女を睨みつけたそのとき、バタン、と物凄《ものすご》い勢いで会議室のドアが開いたかと思うと、

「ふざけるなよなっ」

怒りも露に部屋から飛び出してきた富岡の姿を、田宮と西村は唖然《あぜん》として見やった。

「落ち着きなさい」

「落ち着いてるよっ」

富岡の怒声とは対照的な、それこそ『落ち着いた』声の三条が、富岡のあとを追って部屋から歩み出てくる。

「さっきから大人《おとな》しく聞いてりゃふざけたことばかり並べ立てやがって。だいたい会社が個人の性的指向に口出しする権利なんかあるのかよ」

「個々人の性的指向についてじゃない、今は君の話をしてるんだ」

「僕がホモだろうがホモじゃなかろうが会社には関係がないだろう？」

富岡の大声に、人事部中の視線が一気に集まった。一体何が起こってるのか、と田宮は益《ます》益《ます》唖然としてしまいながら、興奮のあまり顔を真っ赤にして怒鳴っている富岡の姿を見やっ

てしまっていた。

「関係なくはないな。実際君がこのメールに書かれているとおり……」

「僕がホモだと会社に迷惑かけるとでも言うのかよっ」

「ええっ?」

田宮の隣で西村が驚いたような声を上げたが、驚いたのは田宮も同じだった。一体何故富岡はあんなにも憤っているというのだろう。わけがわからず呆然《ぼうぜん》としている田宮の耳に、

「トミー……ホモだったんだ」

と、やはり呆然とした西村の声が響いた。

「……いや、そんなことは……」

ないだろう、とフォローを入れようとした田宮を見やった西村の顔が引き攣っている。

「ってことは、田宮さんも……?」

「なんでそうなるんだ!?」

冗談じゃない、と大声を出しかけた田宮に、富岡は激昂しながらも気づいたようで、物凄い勢いで近づいてきたかと思うと、

「行きましょう」

と強引に田宮の腕を掴み、人事部を出て行こうとした。

「トミー!」

「待ちなさい！」

西村と三条が口々に叫ぶ声を背に、富岡は彼らに答えることなくずんずんとただ足を進め、エレベーターホールへと向かっていく。

「おい！」

引きずられるようにして共にエレベーターホールへと向かわされた田宮がたまらず抗議の声を上げると、ようやく富岡は振り返り、

「ほんと、ふざけてますよ」

と憤懣《ふんまん》やる方なし、といった様子で田宮の前で大きく溜息をついてみせた。

「ふざけてる？」

とられていた腕を無理やり引き抜き、何があったのだと問いかける田宮に、

「こんな噂が出るのは僕の生活態度に問題があるんじゃないか、だの、本当に残業して深夜まで残ってるのか、だの、あいつ最初から僕に完全に非があるような言い振りでさ」

「だからってあの態度は……」

「あいつの人を見下したような態度が気に入らなかったんです！」

もう、と富岡は再燃してしまったらしい怒りのままに拳を己の掌《てのひら》に打ち付けた。

「仕方ないよ。もともとがそういうキャラクターなんだから」

いきなり後ろからかけられた声に、田宮は驚いて振り返った。

「なんだよ」

驚いたのは田宮だけのようで、富岡は憮然《ぶぜん》とした顔のまま二人のあとを追って来た西村を睨みつけている。

「怖い顔」

「うるさい」

「プライドの高いトミーが怒る気持ちはわかるけど、あの発言はマズかったんじゃないの?」

「マズい?」

憤りが眉間に寄せられた縦皺に表れた顔のまま、それでも富岡は西村の言葉が気になったようでそう問い返した。

「そう。既に人事の女の子の間で大騒ぎになってるよ。トミーがカミングアウトしたって」

「カミングアウトォ?」

なんだよ、それ、と声を荒らげかけた富岡に、西村は『にやにや』としか表現できないような意地の悪い微笑を浮かべ、彼の顔を覗き込んだ。

「そう。『ホモの何処が悪い』って三条課長に嚙みついたって。ますます噂になっちゃうんじゃない?」

「そんなこと言ってないだろ!?」

「冗談じゃないっ」

呆れたような富岡の声に、心底憤っているのがわかる田宮の声が重なる。

「ご愁傷さまね」

やはり『にやにや』としか言えない微笑を浮かべた西村が、田宮と富岡二人に向かってぺこりとふざけて頭を下げた。

「あのねえ」

更に憤る己を抑えつつ、田宮が凶悪な顔で西村を睨みつける。と、富岡が、

「馬鹿。田宮さんはお前と違って真面目なんだよ」

そう二人の間に割って入り、西村の頭を軽く小突くと田宮の方へと向き直った。

「帰りましょうか」

「ちゃんとあとからフォロー入れといたほうがいいよ。三条課長に目をつけられたらこれからの会社生活ヤバそうよ」

「おう」

片手を挙げて西村の親切な助言に答えた富岡がエレベーターのボタンを押す。すぐにやって来た箱に二人して乗り込んだあと、やれやれ、と溜息をついた田宮は、横で同じように溜息をついた富岡をじろりと睨んだ。視線に気づいた富岡が「なんですか?」と顔を近づけてくる。

「……本当にもう……」

どうしてこうなるんだ、と更に凶悪な顔で富岡を睨んだ田宮は、富岡の少しも悪びれない言葉にブチ切れた。

「ま、人の噂も七十五日。大丈夫ですよ」

「ほんっとーにお前はっ！　反省ってものがないなっ」

いい加減にしろ、と怒鳴りつけたところでエレベーターは田宮たちの階に到着した。富岡の身体を押しのけるようにして箱を降り立ち、物凄い形相で席へと戻る田宮の耳に、事務職の女の子たちのひそひそ話が飛び込んでくる。

「え？　カミングアウト？」

「やだあ、ほんとにホモだったの？」

まさかあ、と笑う声に被さり、

「じゃ、相手はやっぱり田宮さん？」

「ほんとに昨夜キスしてたりして」

というふざけた会話まで聞こえてきてしまい、まったくもう、と田宮は更なる憤りを胸に、どすん、と音を立てて席に着いた。遅れて席に着いた富岡の耳にも事務職たちの囁きは届いていたようで、くるりと田宮の方へと椅子ごと振り返ると、

「やっぱり情報化社会ですねえ。情報の伝達が速い速い」

と肩を竦めてみせたが、それに答えてやるほど田宮は人間ができていなかった。完全無視

を決め込んで、仕事に専念しようと電話を手に取った彼の横で、杉本が恐る恐る彼の顔を覗き込んでくる。憤る気持ちのままに、それでも先輩のもの言いたげな様子を捨ててもおけず、田宮は溜息をつくと、

「はい？」

と杉本に問いかけた。

「いや……田宮、お前昨夜キスしてたって本当か？」

「………」

最も伝達が遅いと思われるところにも既に情報は流れてしまっているらしい。一体どうすりゃいいんだ、という思いのままに田宮は深い深い溜息をつき、

「やっぱり社内ではマズいんじゃないのか？」

と、理解不能なリアクションをみせる人のいい先輩に、なんと答えようかと空を仰いでしまったのだった。

monologue ②

『ホモの何処が悪い』

正確にはそう言ったわけではないが、今や社内中の噂になっているあの男は、噂など少しも気にならないというように堂々と振る舞っているという。

腹立たしいな

不敵な面構《つらがま》えを見たときから——そう、第一印象から気に入らなかった。無駄なプライドの高さが窺《うかが》えるような態度から、めぐまれた己の容姿を把握しきったような髪形から服装まで、何もかもが気に入らない。こういう輩《やから》には先制攻撃となるような爆弾を落としてやるに限る、と、直前の面談とは百八十度態度を変え、我ながら居丈高《いたけだか》な対応をしてやった結果、まさか逆切れするとは思わなかった。まだまだ若手、人間が練れていない証拠だろう。

ここまで私が彼を厭《いと》う理由は一つしかない。単なる同族嫌悪だ。鼻持ちならない選民意識を無意識のうちに身にまとっていたあの男——それでいて人の目が気になって仕方がない小心者。決まりすぎるほどに決めた服装は己を包む防護服に他ならない。対面する彼の向こうに自分の顔が透けて見えた。胸に込み上げてくる嫌悪の念を抑え込み、まるで自分と対座しているかのような錯覚に陥りながらも面談を続けていた最中、彼が突然怒り出したのだった。

『ホモの何処が悪い！』

正確に彼がなんと言ったのか、思い出すことができないのは何故だろう。
ともあれ、私はこれ以上はないほどの驚きをもって、私に怒声を浴びせ続ける彼の顔を見やってしまった。
私に似ている男——選民意識に溢れる反面、人目を気にする酷い小心者であるはずの男が、実は人の目など少しも気にしていないという事実を目の前に突きつけられた瞬間、私の胸に『憎悪』としか言い表せないどす黒い感情が芽生えた。
何故——彼は人の噂を気にせずにいられるのだろう。
噂が真実だからか——？　あの青年との関係は少しも恥じるものではないと、言いたいとでもいうのだろうか。

腹立たしい

考えれば考えるほど、胸の中のどす黒い感情が育ってゆくのがわかる。

あの青年——おどおどと目を伏せていた大人しげなあの美貌《びぼう》の青年の顔を見た瞬間、自分と同じ指向を持つ者だと私は直感した。同時に彼が己の指向を恥じていることも、このような騒ぎに巻き込まれて当惑していることも手にとるようによくわかり、思わず手を差し伸べてやりたくなったほどだった。

やはり、この指向を持つ者はこうでなければならない。己の指向を——同性にしか性的興味を覚えないという指向を恥じ、決して他人に知られぬよう細心の注意を払い、人目を忍んでひっそりと生息していく、それが当然というものではないだろうか。

『……いいのかなぁ？　会社に投書しちゃうよ？』

くすくすと笑いながら、上目遣いに私を見た彼の顔が甦る。その顔が自分では可愛いとでも勘違いしていたらしい彼は、私の気持ちをも勘違いしていたらしい。

そうでなければそんな言葉を口にできるはずがないからだ。

腹立たしい

あの夜から、まるで私の中に何か別の意思を持つ生き物が巣くってしまったかのようだ。冷静沈着をモットーとする私が常に何かに苛《いら》ついて仕方がない。カリカリと頭の中を引っ掻き回すのはその生き物の爪の音か。わんわんと耳の中でやかましく響いているのはその生き物の羽ばたきか。醜い顔をしているに違いないその生き物は、私の求める安らかな眠りを何処までも妨害しようとする。

――馬鹿馬鹿しい。

そんな生き物が実在しないことなど、誰より私が理解しているはずなのに、何を延々と下らぬことを考えてしまっているのだろう。

私が苛々《いらいら》しているのは、いつあのことが発覚するのか、それを気にしているからだ。毎日毎日、新聞を目を皿のようにして眺め、テレビの報道に耳を傾けている私が待ち望むニュースは未《いま》だに私の目にも耳にも入ってこない。日本の警察は優秀だと聞いているのに、まだ彼は発見されていないとでもいうのだろうか。

彼の死体は――あの薄汚い部屋で、ひっそりと腐っていってるのだろうか。

また私の頭の中でわんわんとわけのわからない羽音が響き渡っている。

腹立たしい——何から何まで腹立たしい。腐りかけた彼の死体も、生意気な若造の逆切れも、そして——。

白皙《はくせき》の頬に震える睫《まつげ》の影を落とし、己の指向をなんとか隠そうと唇を噛んでいたあの美貌の若者が、社内を駆け巡る噂に肩を震わせているであろうことも——。

奪ってしまえ

頭の中で私をそそのかそうと囁いてくるのは誰なのか。

奪ってしまえ

奪う——そう、あの考えなしの若者の手からあの青年を奪うことは決して悪行ではないだろう。指向を恥じる者は指向を恥じる者同士——ひっそりと息を詰めるようにして日々を過ごしていく方がどんなに望ましいかわからない。

奪う——さてどうするか。

再び痛みが襲ってきた頭を私は軽く振った。わんわんという羽音が僅《わず》かに収まり、私の思考を助けてくれる。

私の中にいる別の生き物も、彼を奪うことは応援してくれているらしい。

別の生き物――そんなものは存在しないと思ったばかりだというのに、一体私は何ゆえそんなことを考えてしまっているのだろう。

あの日からすべての歯車が狂い始めた気がする。わんわんと耳の中で響く羽音。カリカリと頭の中を引っ掻き回す醜く長い爪――そんなものは存在しない。私はただ苛立っているだけなのだ。

彼が未だに発見されていないということに――。

奪ってしまえ

再び頭の中で、何者かが私をそそのかそうと囁いている。

そのとき初めて、私は気づいた。美貌の青年と彼は、俯いたときの頬のラインがまるで同じだということに――。

3

「お疲れ様です」

高梨が早稲田の現場に駆けつけたときには、既に所轄の新宿《しんじゅく》署の刑事たちも到着し、鑑識の作業を見守っていた。

「お疲れ。ほんま、ご苦労さんやな」

「署を出る前に通報がありましてね。ついてないというかついてるというか……」

竹中の顔にはさすがに疲労の色が濃い。二日ほど泊まり込みになり、ようやく犯人《ホシ》を挙げたと思ったところにもってきての新たな事件ときては、普段より疲労度が増してしまうのも仕方のない話だろう。

「で、どないや？」

「まだなんとも……殺されているのは牧村剛司《まきむらつよし》、二十五歳の会社員です。第一発見者は神崎《かんざき》徹《とおる》。彼の同僚です。牧村が二日ほど無断で会社を休んだことを気にして部屋を訪れ死体を発見したそうです」

「死因は？」

「絞殺《こうさつ》です。凶器は牧村本人がその日していたネクタイだそうです」

「そうか……」

現場を見るまではなんとも言えんな、と頷いた高梨に、竹中は追加の情報を述べ始めた。

「検死官の話だと、死後二日以上は経《た》っているそうです。遺体が着ていた服装は第一発見者の神崎の証言からすると三日前に出社したときのもので、三日前の帰宅後、殺されたのではないかという線が濃厚です。物盗りというよりは顔見知りによる犯行だと思われます」

「現場を物色した跡がない？」

「ええ。争った跡も殆ど見受けられません。ガイシャが誰かに恨みを買っていたかなどは、神崎がすっかり取り乱してしまっているためまだ聞けてないです」

「無理もないわな」

仕事柄、陰惨《いんさん》な死体を高梨たちは見慣れているが、普通のサラリーマンである第一発見者が死後二日も経つ死体を——しかも知り合いの遺体を——見て動揺しない方がどうかしている。死後二日か——と、高梨はふと気になり、

「死後二日、ということは誰も部屋に訪ねて来んかったっちゅうことかな？　施錠《せじょう》されとったとか？」

と竹中に尋ねると、

「そのようです」

竹中が手帳を捲《めく》りながら即答した。

「そしたらその神崎ゆう第一発見者はこの部屋の鍵を持っとったっちゅうことかな？」

「はい」

と、ここで竹中は、意味深な微笑みを浮かべ、もの言いたげに高梨を見た。

「なんや？」

「いや、気のせいかもしれないんですが、この神崎の取り乱しようが尋常じゃないんですよ。通報を受けた警官が仰天してました。遺体に取り縋《すが》って号泣してたそうで、まだ泣いてるんじゃないですかね」

「……ただの『同僚』ではなかったっちゅうことかな？」

「単なる僕の邪推かもしれませんが」

「しかし、合鍵を持っとったっちゅうことは、ソレも充分考えられるな」

高梨が竹中と頷き合っているところに、

「鑑識、終わりました！」

という声が響いた。

「いきますか」

竹中が高梨を伴い、室内へと向かう。すれ違う鑑識班に「お疲れさん」と声をかけながら高梨はポケットから白手袋を取り出して一応嵌《は》めた。指紋採取が終わったとはいえ気を遣ったのである。

「仏さんはこっちです」

ドアを入って正面、青いビニールシートに覆われた遺体に近づいた高梨は両手を合わせ、シートを捲った。

「……二十五歳か」

夏場でないとはいえ、死後二日以上経った遺体からは異臭が立ち上っていた。生前は随分整っていたと思われる細面《ほそおもて》の顔が、恐怖と苦痛に歪んでいる上に、鬱血が進んで黒ずんでしまっている。確かにこの遺体に取り縋って泣いたという第一発見者の神崎は、何か被害者に対して特別な感情を——それが友情であれ愛情であれ——抱いていたとしか思えない、と高梨が溜息をついたとき、背後からどたどたという騒がしい足音が響いてきた。

「遅くなってすまん！」

室内に響き渡る大声に振り返った高梨は思わず相好《そうごう》を崩した。あまりにも馴染《なじ》みのある顔をそこに見出したからである。

「よお、サメちゃん、久しぶりやな」

「本当に。元気か？」

笑顔で歩み寄り、互いの肩を叩き合う。『サメちゃん』の呼び名を使うのは高梨のみであるこのがたいのいい大男は、所轄の新宿署の納《おさめ》刑事——人気小説に因《ちな》んで『新宿サメ』と呼ばれる名物刑事であった。サメというよりは熊を思わせる愛嬌《あいきょう》のある顔の彼と高梨は同い年で、かつて所轄で席を並べたことのある同期でもあった。キャリアの高梨と交番からの叩き上げである納は性格もバックグラウンドも何もかもが違ったが不思議と気が合い、同業者というだけにはとどまらぬ友好関係を築いていた。

「元気も元気だ。さっき一つ事件が解決したばかりだぜ」

「いずこも同じ秋の夕暮れやね」

「百人一首ってガラかよ」

あまり寝ていないような腫《は》れた瞼《まぶた》で納は笑い、高梨の入れた茶々にまた笑った。

「お疲れさまです」

納の後ろから彼の女房役である橋本《はしもと》が顔を出し、高梨に向かってぺこりと頭を下げた。

「またよろしく頼むな」

にっこり笑った高梨に、橋本は嬉しそうな顔をして笑うとまたぺこりと頭を下げる。『本庁の刑事《デカ》は高飛車で態度が悪い』と所轄では思われがちであるにもかかわらず、そして何より第一級の『キャリア』であるにもかかわらず、高梨が所轄の刑事に人気があるのは、彼のわけ隔てなく人と接するその人柄のおかげといってよかった。彼の存在が今までどれだけ県警や所轄と本庁の刑事たちの関係を良好にしてきたか、数え上げればきりがない。

「で、遺体は？」

「こっちや」

再び高梨は納や橋本と共に遺体の検分にかかった。服装は先ほど竹中から聞いたとおりのスーツ姿、争ったような形跡はなく、ほぼ無抵抗の状態で殺されたものと推察できた。高梨は立ち上がり室内をぐるりと見渡した。小綺麗に片付いた部屋は、やはり先ほど聞いたとおり荒らされた様子はなく、どうやら物盗りではなく顔見知りの犯行だという竹中の推理は当たっていると思ってよさそうだった。

「警視、よろしいですか？」

その竹中が高梨に呼びかけてきた。

「なんや」

「第一発見者の神崎さんから話を聞けそうなんですが」

「わかった」

高梨は頷くと、傍らでやはり室内を見回していた納に、「一緒に聞くか」と声をかけ、二人して部屋の外に出た。

「どうも。捜査一課の高梨です」

神崎はパトカーの中にいた。検視官が遺体を見ようとしても傍《そば》から離れようとしなかったために無理やり連れ込んだのだ、と竹中があとから高梨に教えてくれた。高梨が神崎の座る後部シートに、納が助手席にそれぞれ座ったあと、手帳を示した高梨の顔を神崎は暫しぼんやりと眺め「……どうも……」と言葉少なく俯くと、はあ、と大きく溜息をついた。

「落ち着かれましたか？」

「ええ……本当に……誰があんなむごいことを……」

落ち着いたと言いながらも神崎が膝の上で握り締めた拳はぶるぶると震えていた。高梨は無言でそんな彼の様子をしばらくの間眺めていたが、やがてぽんぽん、と彼の膝を叩くと、

「あんなむごたらしいことをした犯人は、これから我々が全力を挙げて見つけ出しますんで、どうか安心してください」

と顔を覗き込み、にっこりと微笑みかけた。

「……むごい……あまりにもむごい……」

ぽた、と握り締めた神崎の拳に涙の雫《しずく》が零《こぼ》れ落ちる。

「剛司……なんで剛司がこんな目に……」

うう、という嗚咽《おえつ》の声と共に、ぽたぽたと涙は神崎の拳に零れ落ちた。

「神崎さん」

あまり落ち着いてはいなかったらしい第一発見者の肩に高梨は腕を回し、元気づけるようにぽんぽんと叩いてやる。

「すみません……もう大丈夫だと思ったんですが」

かなり長い間、肩を震わせていた神崎がようやく顔を上げたのに、

「かまへんよ」

と高梨は笑うと、「それじゃ、神崎さんが遺体を発見したときの様子を教えてもらえますか？」

とゆっくりと、嚙んで含めるような口調で問いかけた。

「……はい……」

神崎は小さく頷いたあと、ぽつぽつと問われるままに話を始めた。

「先ほど伺ったんですが、牧村さんとは会社の同僚で、二日も無断欠勤した彼を心配して様子を見にいらしたと？」

「はい……昨日は私、前々日からの出張で終日不在でしたので、剛司が……牧村が会社を無断で休んだことを知らなかったのです。今日出社してみたら彼が休んでいて、聞けば昨日も無断欠勤しているというので、携帯に何度も電話を入れたんですが、彼、携帯を会社に忘れていったことがわかりましてね、自宅にも何度も電話を入れたのですが留守番電話になるばかりで、こんなこと、今までなかっただけに心配になって、終業後に訪ねてみたら……」

そのときの情景を思い出してしまったのか、再び神崎の拳がぶるぶると震え始めた。高梨は無言でそんな彼の肩をまた、ぽんぽんと叩き、彼が落ち着くのを待った。

「すみません……」

拳で目を擦り、滲む涙を拭った神崎が再び高梨の前で頭を下げる。

「いや……ショックやったと思いますわ。牧村さんとは仲がよろしかったんちゃいますか？」

柔らかな微笑みを浮かべた高梨がそう神崎の顔を覗き込むと、神崎はう、と詰まった声を出し、

「ええ……」

と頷いたあと、また拳で目を擦った。被害者の牧村が二十五歳、神崎も歳《とし》は同じくらいではないだろうか。彼らの勤める会社の職種をまだ高梨は聞いていなかったが、見たところ営業職ではないかと推測した。服装にしろ頭髪にしろ、身だしなみに気を遣っていたからである。被害者の牧村も整った顔立ちをしていると思ったが、この神崎もなかなかに目鼻立ちの整ったいい顔をしていた。ツーブロックと言うのだろうか、後ろをすっきりと刈り上げ、前にややボリュームをもたせているその髪型は清潔感に溢れ好感度も高いに違いない。きりりとした眉に、何処かあどけなさを感じさせる瞳は高梨に何かを連想させた。ああ、五月人形に似ているのだ、と、高梨がその『何か』に思い当たったとき、神崎は少年武者を思わせる顔を上げ、高梨へと何か言いたげな視線を向けてきた。

「神崎さん？」

「……あの……」

神崎はしばし言葉を探すように黙り込んだあと、意を決したのかきりりとした眉をさらに上げ、高梨を真っ直ぐに見つめてきた。

「僕、剛司を殺した相手に心当たりがあるんです」

「なんやて?」

思わず大声を上げたのは高梨だけではなかった。

「そりゃ一体どういうことだい?」

助手席から身を乗り出すようにして、納も興奮した声で問いかける。

「……剛司を殺したのは、きっとあいつです。僕から剛司を奪ったあの男です!」

そう叫んだ神崎は、またも、う、と詰まったような声を出したかと思うとそのまま、ううう、と泣き出してしまった。

「奪ったぁ?」

「サメちゃん」

素《す》っ頓狂《とんきょう》な声を上げた納を高梨は小声で制すると、竹中の勘がまたも当たったなと思いつつ、

「神崎さん、落ち着いてください」

と、泣きじゃくる彼の肩を、ポンポンと叩き続けてやったのだった。

捜査本部は所轄の新宿署に設けられ、翌朝行われた捜査会議の席上で高梨は第一発見者の神崎から聞いた話を捜査陣に発表し始めた。

「被害者の牧村剛司は都内のコピー機メーカーの営業職です。出身は富山《とやま》、大学入学を機に上京し、以後七年間、今の早稲田のアパートで一人暮らしをしていました。第一発見者の神崎徹は牧村とは同期入社なんですが、二人は単なる同僚という以上の関係やったらしいです」

「同僚以上？」

新宿署の古参の刑事が疑問の声を上げたのに、

「早い話が二人はデキてたらしいです」

納が横からそう言い添え、へえ、という興味深げなざわめきがしばし室内に溢れた。

「ただ二人の関係は、三カ月前に消滅しているそうです。神崎の話では、新しい男ができたと牧村から一方的に別れを宣告されたとかで、それ以降も同じ会社に勤めていることもあり、再三神崎は牧村に言い寄ったのですが牧村の気持ちは変わらなかったと……」

「それならホモの痴情のもつれなんじゃないですかねえ？　神崎は第一発見者だが、袖《そで》にされ続けた恨みでガイシャを手にかけたって可能性はないんですか？」

先ほどの古参の刑事が手を挙げてそう発言したのに、答えたのは橋本だった。

「可能性はなきにしもあらず、といったところですが、神崎にはアリバイがあります。犯行が行われたと思われる今月二十一日の夜から翌々日の二十三日まで大阪《おおさか》に出張しています。

ずっと同行者と一緒でしたからアリバイは完璧といったところでしょうか」

「モトカレはシロ、ならイマカレはどうだ？」

わざとくだけた口調で口を挟んできたのは、捜査一課長の金岡《かなおか》だった。

「神崎はその、なんて言いましたっけ？　イマカレ？　ですか？　その男が牧村を殺したと主張していますね」

「根拠は？」

車の中で高梨と共に神崎の話を聞いた納が手を挙げその問いに答えた。

「神崎の話ですから何処まで信用できるかはわかりませんが、最近牧村とその……イマカレの間がうまくいってなかったと。その辺の事情は牧村のよく通っていたホモバーにこれから聞き込みをかけます」

「しかしうまくいってなかったってだけで、殺したっていうのは極端じゃないか？」

金岡課長が挙手し、そう言うと、

「いや、それが、どうやら牧村はその『イマカレ』を脅迫していたらしいんですわ」

直接その話を聞いた高梨がやはり挙手して答えた。

「脅迫？」

「ええ。牧村のイマカレは通称ユウジと言うらしいんですが、その素性を知る者は誰一人いないそうなんです。どうやら一部上場企業の管理職らしく、ホモバーに相手を物色しには来るが、誰にも自分の本名やら勤め先やらを教えないらしいんですな。牧村とユウジは付き合い始めて三カ月になるのに、まだ本名を知らないということを店でからかわれたことがあるそうで、その後、彼がその店のママ――というか、マスターですかね――に、『とうとう正体を突き止めた』と嬉々《きき》として喋っていたそうなんですよ」

「それが脅迫とどう結びつくんだ？」

もっともな問いかけをしたのは新宿署の古参の刑事だった。

「牧村はユウジに夢中でしたが、ユウジの方は牧村に飽きがきていたらしいです。牧村自身そのことには気づいていて、それでやっきになってユウジの素性を調べていたんだそうで。『これでもう彼は僕と別れられないはずだ』と牧村が喜んでいた、という話を神崎はマスターから聞いた、と言うんですがね」

「うーん、やっぱりちょっと弱い気がするなあ」

「そうですねえ。いくら一部上場企業の管理職だからといって、素性がバレたくらいで人殺しをしますかねえ？」

捜査会議に出席している刑事たちが口々に意見を述べ合う中、責任者である金岡課長が場をまとめようと立ち上がった。

「いずれにしろ、牧村が今、付き合っている相手から事情は聴取したい。現場の様子から顔見知りの犯行と思われる節もあるし、まあ犯人《ホシ》と断定はできないが、そのユウジが何処の誰なのか、それをまず突き止めよう。それから」

　ここで課長はぐるりと周囲を見渡したあと、ホワイトボードに貼られた牧村の写真を指差した。

「ユウジ以外のガイシャの交友関係、プライベートでも仕事上でも何かトラブルはなかったか。痴情のもつれ以外の争いごとも洗っていこう。いいな？」

「はい」

「わかりました」

「それじゃ高梨、班分け頼む」

「はい」

　金岡の指示で高梨は所轄と一課の刑事それぞれを社内聞き込み、交友関係聞き込み、現場付近聞き込みと班分けしたあと、自身は納と共に牧村の行きつけだというホモバーに聞き込みに行くことにした。納が「その店ならちょっと顔がきく」と高梨の耳元で囁いたからだ。

「それにしてもサメちゃんも隅に置かれへんね。ホモバーに顔利くゆうのは意外やったわ」

「そんなんじゃねえよ」

　納の運転する覆面パトカーで新宿二丁目に乗り着け、仲通《なかどお》りの梅《うめ》寿司の路地を入って四、五軒目、『three friends』という小さな店の木戸を二人は開いた。

「あら、新宿サメ。久しぶり。お元気？」

カウンターにボックスシートが三、四席しかないような小さな店だった。この界隈《かいわい》では珍しく、昼間も店を開けているらしい。

「元気なわけねえだろ」

「ご挨拶ねえ。たまに顔みせたときくらい、カラ元気でも元気な振りしてみせなさいよ」

ねえ、と高梨に笑いかけてきたのは、バーテンの姿をした若い男だった。若い――というのは昼間だというのに薄暗くしてある店内の照明の見せる錯覚で、もしかしたら高梨よりも五、六歳上なのかもしれない。海外のモデルを思わせる美貌に、夜通し起きていたらしい倦《けん》怠《たい》が浮いている。が、もしかするとこの『美貌』も明るい陽の下で見ると『錯覚』であったことに気づかされるのかもしれなかった。彫りの深い顔立ちも、濃い睫が特徴的なエキゾチックな瞳も、すべて彼の類稀《たぐいまれ》なるメイクテクニックによるものであるということが、カウンターに近づくにつれ高梨にもわかってきたからである。男のなりをしてはいるがかなりの厚化粧の上に、おネエ言葉も板についているこのバーテンと納はかなりの馴染みらしい。

「なんでお前ごときにカラ元気みせなきゃいけねえんだよ」

「そんなことよりこちらは？」

バーテンの視線は高梨の上を動かない。舐《な》めるような視線というのはこういうのをいうのだろうなと苦笑しつつ高梨は、

「高梨です」

頭を下げ、手帳を出すか出すまいか迷った。

「ご同業？」

「おう。警視庁捜査一課だ」

「あら、本庁の刑事さんなの」

よろしく、と目を細めるようにして微笑むバーテンを、納は今度は高梨に紹介してくれた。

「情報屋のミトモだ。この時間にいるとは思わなかったぜ。この小汚ねえ店のオーナーでもある」

「小汚いとは失礼な」

わざとらしく眉を高く上げ、やや高い声で叫んだ『ミトモ』は、また舐めるような視線を高梨の全身に這《は》わせながら、「よろしく」と、視線と同じくねっとりと絡みつくような声で
「こちらこそ」

高梨の前でシナを作ってみせた。

困ったな、と思いつつ高梨も笑顔で頭を下げる。

「ヘンな気起こすんじゃねえぞ」

「ヘンな気ってどんな気よ。失礼ねえ」

「そんなことより、聞きてえことがあるんだよ」

絡んでくる情報屋、ミトモを軽くいなすと、納はポケットから牧村の写真を取り出した。

「わかるな?」

「ツヨシじゃない」

目を伏せがてら、ちらと見ただけでミトモは被害者の名を言った。

「常連なんだな?」

「常連……まあ、そうね。ツヨシがどうしたの?」

「死んだよ」

「え?」

ミトモが濃いマスカラに彩られた目を大きく見開いた。

「死んだ?」

「ああ、殺された。この男もわかるか?」

続いて納が示したのは第一発見者の神崎の写真だった。

「ええ。トオルでしょ」

「この二人、付き合ってたのか?」

「以前ね」

「モトカレってやつだな」

「…………」

ミトモは一瞬馬鹿にしたような目で納を見たあと、そうね、と頷いた。

「……ツヨシ、死んだの」

不意にしみじみした口調で、ぽつん、とミトモはそう呟くと、「ああ」と頷いた納の前で鼻を啜《すす》り始めた。

「あんな若い身空で…かわいそうに」

ぐすんぐすんと鼻を啜るミトモの肩をぽん、と叩くと、納は彼の顔を覗き込んだ。

「敵討《かたきう》ちのためにもな、教えてほしいことがあるんだ」

「いいわよ。なんでも聞いて頂戴」

ミトモはカウンター下から取り出したティッシュで大きな音を立てて鼻をかむと、きっとした眼差しを納に向けた。

「牧村の今の相手、知ってるか？」

「ユウジでしょ」

即答したミトモは、でも、とすぐに言葉を挟み、

「ユウジの本名は知らないわ。ここにはたまに来る程度であたしも殆ど話したことがないのよ」

と肩を竦めた。

「なんでも素性をひた隠しに隠していたとか？」

「そうなの。ユウジって名前だって本名かどうかわかったもんじゃないわ」

ミトモは再び肩を竦めると、

「まあね、ここは相手を探しに来る場所だからね、本名を名乗りたがらない客は結構多いのよ。でもユウジのは異常だったわね。ツヨシも零してたわ。これだけ深い仲になってるのに家には連れていってくれない、教えてもらった携帯の番号はプリペイド式のだし、名前を聞いても職業聞いても絶対教えない。嘘でもなんでもいいから言ってくれればいいのに、ヘンに真面目なのか『言えない』の一点張りだって」

「でも牧村は『ユウジ』の素性を突き止めた？」

横から口を挟んだのは高梨だった。ミトモは驚いたように彼を見返したがすぐに「そんなことを言ってたわね」と、何かを思い出そうとするように宙を睨んだ。

「そうそう、言ってたわ。『なんでわかったの？』ってあたしが聞いたら『教えなーい』なんて意地悪言ってたわ。そのツヨシが……」

死んだなんて、と、ぐすぐすとまた鼻を啜りだしたミトモに、納はカウンターの上のティッシュを数枚引き抜いて渡してやった。

「ありがと」

すん、とミトモが鼻を鳴らす。

「神崎が言うには、牧村はユウジを脅迫したんじゃないかと言ってるんだが、実際のところはどうだったのか、知ってるか？」

「脅迫とはちょっと違うと思うのよね」

ミトモはまた音を立てて鼻をかむと、気持ちの切り替えが済んだのか、きびきびした口調で話を続けた。

「あのユウジって男、客のことを悪くは言いたくないけどちょっと問題アリっていうかなんていうか……人のモノを横から掻《か》っ攫《さら》うのが好きな上に飽き性なのね。なのでツヨシをトオルから奪うところまでは熱烈にアプローチをしかけてたんだけど、自分のモノになっちゃった途端、飽きちゃったみたいなのよ」

「ひでえ男だな」

「酷いでしょう?」

真面目な性格そのままに顔を顰《しか》めた納に、ミトモは同じように顔を顰めてみせた。

「皮肉なもので今度はツヨシがユウジに夢中になっちゃってね、それで色々彼のことを調べ始めたみたい。本人のことを知りたいのは勿論、ユウジのように素性をあれだけ隠そうとする人間は珍しいから、それを知ることができれば彼の弱みを握れるとでも思ってたようよ。現に私も言われたもの。『これでユウジも簡単に僕と別れられないに違いない』って」

「脅して別れられないようにしたってか?」

「だから『脅迫』じゃないってば。切ない乙女心よ」

「なにが乙女だよ」

なあ、と納が高梨に同意を求め、高梨は思わず苦笑してしまいながらも、

「そやし、いくら動機が『乙女心』ゆうても、ユウジにとっては充分『脅迫』やったかもしれへんな」

と答え、更に詳しい話をミトモに促そうとした。が、ミトモの頭はその瞬間すっかりその話題から離れてしまったようだった。

「あら、高梨さんは関西?」

問い掛けた高梨に逆にミトモは問い返し、またねっとりとした視線を向けてきた。

「ええ」

「いいわよねえ、大阪の男」

「そんなことより、ユウジの写真かなんかねえのかよ」

話が脱線しかけたのを察した納が牽制《けんせい》するのに、ミトモは、

「わかってるわよ」

やきもち焼かないで頂戴、と満更冗談ではない口調で今度は納に絡みつくような視線を向けた。

「よせやい、何がやきもちだ」

「無理しちゃって」

あはは、と笑ったミトモだったがすぐに真面目な顔になると、

「ユウジはほら、素性をひた隠しに隠すくらいだから写真なんかもう、絶対に撮らせなかったわよ。でも思わずツヨシがくらりとくるのがわかるいい男よ。見たところ歳は、そうねえ、三十……三か四、見るからに一部上場企業のエリート社員って感じで、細面の美形よ」

「背は？」

「百八十くらい。縁ナシの眼鏡をいつもかけてた。他に特徴といったらそうねえ……」

ミトモは指先を眉間に当て必死で何かを思い出そうとしていたようだったが、やがて、

「ああ、そうだ」

と顔を上げ、納と高梨を見た。

「なに？」

「商社マン。一部上場の商社勤務だわ」

「え？」

「なんでそれがわかったんですか？」

納と高梨が同時に問いを発する。

「ユウジの素性、ツヨシは意地悪して教えてくれなかったんだけど、さんざん絡んでやったら一つだけ、それを教えてくれたのよ。社名や本名もしつこく聞いたんだけどねえ」

「商社マン……」

「一部上場といっても総合商社、専門商社、仰山《ぎょうさん》ありそうやねえ」

「他に何か言ってなかったのか?」

納の問いに、ミトモはまた「うーん」と眉間に指を当てたが、やがて首を横に振ると、

「そのくらいかしらね」

と残念そうな顔をした。

「この一週間、そのユウジは店に来たか?」

納が質問を変える。

「いいえ。この一週間どころか、ひと月くらいは来てないわね」

「情報屋のお前の手腕で、なんとかその『ユウジ』の情報、集められねえかな?」

「そうよね。ツヨシが摑めたくらいですもの、あたしにだって調べられそうよね」

ミトモは決意を新たにするように納に向かって頷いてみせた。

「やってみるわ」

「頼む。ところで牧村は誰かに恨まれているというような話はなかったか、わかるか?」

「ないわね」

納の問いにミトモは即答した。

「少なくともこの界隈じゃや。余所《よそ》じゃちょっとわからないけど」

本当にごく普通のサラリーマンだったのよ、とミトモは深く溜息をついてみせた。

「神崎とユウジ以外に付き合ってる男はいなかったのか?」

「ツヨシがこの店に来始めたのはトオルと付き合い出した頃だったから、私の知る限りはその二人ね」

「他に牧村に言い寄ってきていた男は？」

「いないと思う」

「神崎にはどうだ？」

「トオルはツヨシを追いかけ回してたからね。そんな彼に言い寄る男はいなかったわね」

「追いかけ回してた、か」

納がそう高梨を見、高梨も納に頷き返す。

「トオルが可愛さ余って憎さ百倍ってことは……」

「……それはあまり考えられないような気がするわね」

あくまでも主観だけれど、とミトモは言い足し、肩を竦めた。

「神崎には鉄壁のアリバイがあるしな」

「せやね」

納と高梨も顔を見合わせ、肩を竦める。と、そのときドアにつけられたカウベルが店内に鳴り響き、「おはようございます」と声をかけながら顔立ちの整った若い男が店に入ってきた。

「おはようじゃないわよ。遅いじゃないの」

「ごめんなさい」

どうやら店番のバイトか何からしい。これを機に納と高梨は店を辞することにした。

「それじゃ、頼むな」

「ええ、わかったわ」

納がミトモの肩を叩く。

「たまには夜、仕事抜きでいらっしゃいよ」

高梨さんもね、と叫ぶミトモの声を背に、彼らは『three friends』をあとにしたのだった。


「ユウジという名の商社マンか」

少なくとも被害者の『イマカレ』の存在は明らかになった。が、その男と事件のかかわりの有無の決め手となる情報は得られなかったな、と溜息をついた納の肩を、高梨はまあまあ、というようにポンと叩いた。

「会議でも言われたが、自分の素性を知られたからって殺すかねえ」

「確かにな」

動機としては弱い。が、何故か高梨は『ユウジ』の存在が気になって仕方がなかった。刑事の勘とでもいうのだろうか、いくら一部上場企業勤務だからといって、そこまで己の素性を隠そうとしているというその『ユウジ』が、この事件の鍵を握っていると思われて仕方がない。

「いざとなりゃメンは割れてるんだ。ユウジのモンタージュは即、作れそうだからな」

「せやね。ガイシャの会社関係の聞き込みは橋本君と竹中やったね。二人の聞き込みの結果待ってからでも遅うはないな」

「そう言いつつも気になるんだろ？」

納がにやりと笑い、高梨の顔を覗き込む。

「サメちゃんに見抜かれるようではまだまだ僕も修行が足りへんね」

「悪かったな」

あはは、と笑い合ったが、納はすぐに真剣な顔になった。

「あとでミトモにユウジの顔でも描かせるか。あいつはああ見えて手先が器用でな、署の似顔絵担当よりよっぽど上手《うま》い」

「ああ、頼むわ」

高梨も真剣な顔になり、二人無言で頷き合う。

「商社マンね」

「そういやごろちゃんも商社マンじゃないか？」

「せやね」

納に言われる前から、『商社』という言葉に高梨は田宮を連想していた。結局泊まり込みになりそうだ、と空いた時間に携帯に電話を入れたとき、『身体、気をつけて』とぼそりと告げた彼の声が高梨の耳に甦る。なんだかその声に酷く元気がなかったような気がするのは気のせいだろうか――一瞬高梨は思考を田宮へと飛ばしかけたが、

「都内に『商社』と言われる会社はどのくらいあるのかねえ」

という納の問いかけにすぐに我に返った。

「一部上場となるとそれほど数はないんちゃうかな。しかし社員数はやたらと多そうやね」

「似顔絵一枚でユウジを捜し出すのは至難の業《わざ》か」

「人海戦術になりそうやけど、事件と関係あるかもわからんうちにそれをするのもなあ」

うーん、と二人唸《うな》りながら覆面パトカーへと乗り込んだところで納の携帯が鳴った。

「おう、どうした」

『ユウジの通ってる店が近くにあるらしいわ。ゴールドフラッシュ。今のところわかったのはそれだけ』

電話の主は情報屋、ミトモである。

「さすがに早いな」

『ふふ、関西弁のセクシーな刑事さんにもよろしく』

わざと聞こえることを狙っているようなミトモの大声が通話口から漏れ聞こえ、高梨と納

は顔を見合わせ苦笑した。

「残念ながら高梨は妻帯者だ」

『あら』

虚を衝《つ》かれたような声が聞こえたと同時にブツ、と電話は切れた。

「現金だな」

呆れた納と高梨はまた顔を見合わせて苦笑しあう。

「聞き込みは夜やね」

「ああ、当分泊まり込みになりそうだぜ」

やれやれ、と溜息をつき納が車を発進させた。高梨の脳裏にちらと昨夜の田宮の姿態が過《よ》ぎったが、車窓の外、薄汚れた新宿の街並みが後ろに流れてゆくのと同時に彼の白い背も高梨の脳裏から流れ去ってゆく。事件のみを見つめる厳しい双眸になった高梨はいかにもエリートに見えるという長身の『ユウジ』の像を頭に結ぼうと意識を集中させていった。

4

高梨が捜査に走り回っていたのと時を同じくし、田宮もまた、姿の見えぬ敵と戦わざるを得ない状況に陥ってしまっていた。

高梨を殺人事件の現場に送り出した翌々朝、出社した田宮を待っていたのは前日より更にパワーアップした己を取り巻く噂だった。

「ねえねえ、聞いた？　トミー、人事でホモ宣言したらしいよ！」

「聞いた聞いた。『僕は田宮さんを愛している！』だっけ？」

「全然違う！　『ホモの何処が悪い！』だわよ」

「似たようなもんじゃない」

「トミーがホモだなんて信じられない。ホントなのかなあ」

「女好きは演技？」

「ってことは田宮さんもホモってこと？」

乗り込んだエレベーターで、フロアの中で、田宮の周囲では事務職の女性たちのひそひそ声が常に聞こえていた。やはり大半は単に面白がっているだけのようなのだが、面白がっているゆえに噂自体はどんどんエスカレートしている。しかもそのエスカレートした噂が殆ど全社に広がりつつあるようで、一体どうすりゃいいんだ、と自席で田宮は大きく溜息をついてしまった。

「おはようございます」

これほど田宮をナーバスにしている噂の根源、富岡が明るい声で背後から田宮に声をかけてくる。

「………」

じろ、と田宮は肩越しに富岡を睨むにとどめ——周囲の事務職の好奇の視線が己に絡みつくのを察したからである——すぐに正面を向くとパソコンのスイッチを入れた。

「無視しなくてもいいじゃないですか」

「うるさい」

噂になっているのを知ってなお、付き纏おうとしてくる富岡に田宮は思わず語気荒くそう答えてしまった。

「やだ、痴話喧嘩《ちわげんか》？」

くすくす笑う声と共にふざけた囁きまで耳に飛び込んできて、ますます怒りを煽られた田宮は、乱暴にキーボードを叩いてログインし、毎朝するようにメールチェックをし始めた。

「？」

見慣れぬアドレスから件名ブランクのメールが届いているのに気づき、クリックした途端、田宮は思わず息を呑《の》んだ。

『ホモはでていけホモはでていけホモはでていけホモはでていけホモはでていけホモはでていけホモはでていけホモはでていけホモは……』

画面いっぱいに同じフレーズの赤い文字が浮かび上がる。

「どうしました？」

気配に気づいた富岡が振り返った気配がしたと思った次の瞬間、

「なんですか！　これ」

慌てたように席から立ち上がり、大声を上げた彼に周囲の視線が一気に集まった。

「なんでもない」

慌ててメールを閉じようとした田宮の手を背後から押さえ、マウスを奪った富岡が彼の肩越しに画面を食い入るように見つめ始める。

「おい、どうした？」

尋常でない二人の様子に隣の席の杉本が問いかけてきたが、田宮は、

「いえ」

なんでもありません、と引き攣りながらも笑顔を作り、富岡の手からマウスを取り上げメ

ールを閉じた。

「……悪戯にしては酷いな」

眉を顰める富岡の腕を摑み、「ちょっと」とフロアの外へと引っ張っていく。周囲の視線が集まるのがわかったが、席で騒がれるよりはマシだと田宮は富岡をエレベーターホールに連れていくと、

「今のこと、人に言うなよ?」

と彼を睨み上げた。

「どうしてです?　あんな悪戯メール送ってきやがった奴を放置しておくんですか?」

「これ以上噂になりたくないんだよ」

語気荒くいきまいていた富岡も、田宮のこの言葉には、うっと詰まった。

「……それにしたって、ありゃ酷い。なんなんです、一体」

「お前のところには届いてないのか?」

「ええ」

「そうか……」

自分にしか来ていない——例の人事に密告った佐伯という事務職だろうか、と思ったのは田宮だけではなかった。

「また佐伯か」

今にも直談判に走りそうな富岡を田宮は慌てて制しようとしたが、彼の勢いは止まらなかった。

「名前が違ったろ？」

「発信、フリーメールだったじゃないですか。いくらでも偽名を使えますよ」

「証拠もないのに人を疑うのはよくない」

「じゃ、証拠探しましょう」

「無理だよ。警察じゃあるまいし」

「だったら本人に聞くしかないじゃないですか」

「だからこれ以上問題起こしたくないんだって！」

田宮の大声がエレベーターホールに響き渡ったそのとき、

「あのー」

不意に後ろから声をかけられ、田宮は驚いて振り返った。

「お電話なんですけど」

田宮と同じ課の新人の事務職だった。

「ごめん、すぐ戻るよ」

ありがとう、と礼を言うと、新人は、いえ、と頭を下げつつも田宮と富岡を興味深そうに一瞬見やった。わざわざ電話を取り次いでくれたのは、様子を見たかったからなのかもしれない。もう、どいつもこいつも、と田宮は深く溜息をつくと、好奇心溢れる視線を投げかけてくる彼女の傍らを走り抜け、自席へと戻った。

「田宮さん！」

怒っているような富岡の声が背中で響いている。勝手に動き出さないようあとでもう一度釘を刺しておかなければ、と思いながら田宮は保留になっている受話器を取り上げた。

「お待たせしました。田宮です」

『おはようございます。人事の三条です。今、お時間よろしいですか？』

受話器の向こうから響いてくる爽やかな声。前日初めて対面した、いかにもエリート然とした三条の顔が田宮の脳裏に甦る。

「はい、大丈夫ですが」

『それではすぐに人事に来てください』

昨日の会議室でお待ちしています、と言って電話は切られた。一体何事か、と田宮は首を傾げたが、思い当たることといえばこの誰からともわからぬ悪戯メールのことくらいしかない。まさか人事にも同じようなメールが届いているのだろうかと眉間に皺を刻みつつ再びエレベーターホールに向かおうとした田宮は、入り口のところでちょうど席に戻ろうとしていた富岡と擦れ違った。

「何処行くんです？」

「…………」

人事、と答えかけた田宮は、昨日の富岡の騒動を思い出した。何故彼があんなに腹を立てたのか、今考えてもわからないが、敢えて刺激することもなかろうと、

「何処でもいいだろ」

とぶっきらぼうに答えると駆け足でエレベーターホールへと向かった。

「待ってくださいよ」

「ついてくるな。仕事しろよ」

あとを追いかけてきた富岡を睨みつけ、ちょうどやってきたエレベーターに乗り込んだ田宮はまたも周囲の好奇の視線を感じ、やれやれと溜息をついた。まったく何故自分がこんな目に遭《あ》わなければならないのだと納得できない思いを胸に、到着した人事のフロアを突っ切り昨日の会議室の前に立つ。

「あ、田宮さん」

ノックをしようとした直前、後ろからかけられた声に田宮が振り返ると、そこには富岡の同期、社内一の美女と謳《うた》われる西村が新聞を手に立っていた。

「昨日はすみませんでした。調子に乗っちゃって」

「いや、こちらこそ」

ぺこりと頭を下げた彼女に田宮も慌てて頭を下げた。苛つく気持ちのままにかなり乱暴な

口調で応対してしまったことを思い出したからである。

「今日はなにか？」

「いや……三条課長が会議室に来いって」

「課長が？」

軽く首を傾げ、西村は形のいい眉を顰めたが、田宮がちらと会議室のドアを見やったことで彼が急いでいると察したらしい。

「邪魔してごめんなさい」

それじゃ、と華やかという言葉が相応しい笑顔で頭を下げると足早にその場を去っていった。

「………」

なるほど、このくらい敏感でないと秘書というのは務まらないものなのかな、と思いつつ田宮はドアをノックした。

「どうぞ」

「失礼します」

かちゃ、と小さく開いたドアの向こうで、既に三条は着席していた。目の前のテーブルには封書が置かれている。

「どうぞお座りください」

笑顔で田宮を招き入れた三条は、昨日と同様一分《いちぶ》の隙もない身なりをしていた。綺麗《きれい》に整えられた頭髪、縁なしの眼鏡の奥から田宮を見つめる涼やかな目元、真っ白なワイシャツも濃紺のスーツもプレスは完璧で、満員電車に揺られて出社した自分のスーツが既によれ気味であるのを恥じたくなる。

「早朝からお呼びたてしてすみませんでしたね」

にっこりと微笑む口元からこぼれる歯もまるで歯磨きの宣伝のように真っ白で、『完璧』としかいえない外見を持つ人事課長を前に、居心地の悪さを感じながらも田宮は「いえ」と頭を下げ、ちらと彼の前に置かれた封筒の宛名を見やった。

『人事部長殿』

ワープロで打たれた文字を目で追う田宮の視線に気づいたのだろう、三条は、

「それでは早速用件に入りますが、今朝、このような封書が人事部長宛に届きましてね」

と封筒を取り上げ、中から四つ折りにされたA４の紙を取り出した。

「今日から部長が出張でしてね、部長不在の間、親展の書類以外はすべて私が目を通すことになっているのですが」

言いながら三条は紙を開き、田宮の前に差し出した。

「昨日の今日でしょう。しかも部長宛だ。気になりましてね」

「な……」

田宮が驚きのあまり絶句してしまったのも無理はなかった。紙面一面に真っ赤な文字が敷き詰められており、その内容は——。

『国内営業一部の田宮吾郎に退職を勧告しろ国内営業一部の田宮吾郎に退職を勧告しろ国内営業一部の田宮吾郎に退職を勧告しろ国内営業……』

句読点も改行もなく繰り返されている赤字で彩られた言葉の羅列に圧倒され、黙り込んでしまった田宮の顔を三条が心配そうな顔で覗き込んできた。

「大丈夫ですか?」

「え?」

「真っ青ですよ」

「ああ……」

青くもなる、と田宮は心の中で溜息をつきながら、自らの退職を願う言葉が繰り返される紙を手に取り、真っ赤な文字を再び見やった。あまりにもはっきりした悪意。一体何処の誰がこんな手紙を人事部長宛に届けたのだろう。社名も住所も書いていないので、犯人は社内の人間に決まっている。自分にメールを送ってきたのと同じ相手なのだろうか、と一人考えながら紙面を見つめていた田宮の耳に、ドアをノックする音が響いたと思った途端、

「失礼します」

がちゃ、とそのドアが開き、茶を載せた盆を手にした西村が入ってきたものだから、驚きのあまり田宮は「え？」と素っ頓狂な声を上げ、まじまじと彼女の姿を見やってしまった。

「なんだね」

西村の行動は三条にとっても意外だったようだ。問いかける声に非難めいた響きを感じた田宮がちらと西村を見ると、

「お茶が入りましたので」

西村は先ほどと同じ華やかな微笑を浮かべながら、茶をサーブし始めた。

「ここはいいから」

三条はさりげなく封筒をテーブルから取り上げて宛名を伏せると、じろ、と西村を睨んだ。

「失礼いたしました」

茶を置いた彼女はドアへと引き返し、深々と礼をしてすぐに部屋を出て行った。

「せっかくだからどうぞ」

バタン、とドアが閉まったと同時に三条は田宮に茶を勧め、自らも目の前の茶を啜った。

「彼女は確かに優秀なんだが少々好奇心が旺盛すぎて困ってるんだよ。今も茶を口実に様子を覗きに来たんだろう」

「はあ」

どいつもこいつも——今までの動揺を一瞬忘れるほどの脱力が田宮を襲う。が、その脱力

感も、カタン、と茶碗を茶托《ちゃたく》に戻した三条が、

「話を戻しましょう」

と表情を引き締めてきたことですぐに失せ、田宮はごくりと唾を飲み込むと再度紙を開いて一面に広がる真っ赤な文字の羅列を見た。

「悪戯にしても宛先が人事部長ですからね、あなたの今後にもかかわってくるでしょう。これは昨日の件とは無関係とはとても私には思えないのですが、何か心当たりはありませんか？」

「……心当たり、といいますか」

田宮は今朝自分のところに届いたメールのことを三条に話すことにした。文字も同じ赤、言葉の内容は違うが句読点もなく同じ言葉を羅列するなど、同じ人間の手によるものだと考えてまず間違いはないと思ったからである。

「そんなメールが」

あとから転送してくださいと三条は眉を顰めつつ頷くと、

「しかし一体、誰がこんなことをしたのでしょうね」

と手を伸ばし、田宮の手から紙片を取り上げた。

「さあ……」

田宮の頭にちらと、富岡がふったという事務職の名が浮かんだが、それこそ証拠もないの

にその名をここで告げるのはどうかと注意深く口を閉ざした。が、誰も考えることは一緒のようで、

「昨日人事に通報してきた佐伯にはそれとなくあたってみましょう」

と三条は田宮から取り上げた紙をまた四つ折りにすると、封筒の中へとしまいこんだ。

「はあ」

多分三条ならそれこそ『それとなく』探ることができるのだろう。激昂のままに乗り込もうとしている富岡より、数段上手い対応ができるに違いない。任せるしかないか、とひそかに溜息をついた田宮の心を読んだのか三条は、

「この件に関しては、部長には上げず私で留めておきますので、どうぞ安心してください」

と田宮に見惚れるような微笑を向けてきた。

「よろしくお願いします」

そう言われてしまっては田宮はただ頭を下げるしかない。人事課長に知られるのも部長に知られるのもそれほどの差はないように思うのだがと心の中で田宮が思っていることを察しているのかいないのか、三条はまたあの完璧に計算し尽されたような笑みで頷くと、

「それじゃ、メールの転送、お願いしますね」

と田宮に念を押し、席を立った。

「ありがとうございました」

面談は終わりということだろうと田宮も立ち上がり、一応の礼を言ってみる。

「また連絡しますが、本件は他言無用、ということで」

「はい」

誰が好き好んでこのようなことを周囲にふれ回るか、という内心の憤りが顔に出てしまったのだろうか、三条はくすりと笑うと、

「まあおっしゃりたい内容ではありませんよね」

と田宮の肩を叩き、ドアの方へと促した。

「そうですね」

「かなり社内でも面白おかしく言われているようですが、どうですか、あの富岡君の反応は？」

ドアを前に問いかけてきた三条の目の中に、一瞬暗い影がさしたのを見たような気がしたが、問われた内容への腹立たしさに、田宮はすぐにその『影』を忘れた。

「少しも気にしていないようです」

「困ったものですね。原因は彼にあるというのに」

やれやれ、と苦笑した三条が、またぽん、と田宮の肩を叩く。

「田宮さんもあまり気にしないことです。人の噂も七十五日、すぐ皆も飽きるでしょう」

「……そうですね」

二カ月半も我慢できるか、と富岡に嚙みついたのと同じリアクションを取りそうになるの

をぐっと堪え、田宮はそう頷くと、三条に続いて部屋を出た。ドアの前で三条と別れ、一人フロアを突っ切りエレベーターホールに向かおうとする田宮の耳に、聞きたくもない事務職たちのひそひそ話が聞こえてくる。

「あ、あの人だよ。昨日のホモ騒動の人」

「可愛いね～」

「本当にホモなのかな？」

「まさかあ」

これを気にしないでいられる神経の太さが欲しいものだと溜息をつく田宮の頭に、一面に赤い文字が並ぶ人事部長宛の手紙が甦った。自分宛のメールといい、一体何処の誰が何を思ってあんなものを送りつけてきたのだろうと考えてはみたものの、頭に浮かぶのは富岡がふったという事務職の名ばかりである。

ふられた腹いせに人事に密告したという彼女の攻撃の矛先が何故自分に向けられたのか――昨日の富岡が人事部で起こした騒ぎが再び彼女を刺激したのか、と思えば納得できないこともないが、不自然と思われる点も多々あった。

まず、もし彼女が――佐伯がやったのであれば、何故今回敢えて匿名にしたのか。そしてもう一点、昨日、人事に送られてきたという彼女のメールは拙いながらも一応筋道立てて論理を展開しようという意図が汲めたが、今回の人事部長宛の手紙もメールも同じ言葉の羅列でしかない。敢えて自分とわからぬように書き方を変えたのか、それとも――エレベーターを待ちながら思考を巡らせていた田宮の耳にチン、というエレベーター到着の合図音が響いた。慌ててその箱の方へと移動した彼の目の前で扉が開く。

「あ」

「タイミングよすぎ」

中から現れた富岡の姿に、田宮は驚いて声を上げた。富岡も驚いた顔をしたが、やがて嬉しそうに笑うと、

「ちょうどいい」

と今、自分が乗ってきた箱へと田宮を引きずり込んだ。

「なにがちょうどいいんだ」

「さっき西村から通報があってさ」

二人の部のフロアのボタンを押し、富岡が田宮に笑いかける。

「通報?」

「『田宮さんが三条課長に呼び出されてる』って。結構深刻みたいだったと言ってたけど、何かあったんですか?」

「…………」

西村がわざわざ茶を淹《い》れてまで部屋を覗きにきたのは、富岡に情報を伝達するためだった

のか、と麗しき彼女の同期愛に気づいた田宮の口からは大きな溜息が漏れていた。

「なに？　どうしたの？」

「どうもしないよ」

「あのメールのこと？　なわけないよね。人事にも似たようなメールが届いたとか？」

「なんでもないって」

他言無用と三条に念を押されたこともあったが、何より暴走しかねない富岡の勢いを田宮は恐れた。これ以上彼に動かれてはますます噂を煽る結果に陥りかねない。その結果また今日のような『悪戯』では済まされない事態を生むことになるのではないかと、そのことを田宮は案じたのである。

「なんでもないのに人事が呼び出すわけないじゃないですか」

「あのさ」

口を尖らせる富岡を諭そうとしたとき、エレベーターは田宮たちのフロアに到着した。

「ともかく、この件に関してはお互い動くのはやめよう。それこそ噂が沈静化するまで、大人しくしててくれ。いいな？」

「いいわけがない」

「富岡」

聞きわけのない後輩を田宮はじろりと睨み上げた。

「僕も責任感じてるんです。まさか田宮さんが嫌がらせをうけるようなことになるとは思わなかったし」

田宮の睨みに怯《ひる》むことなく、それどころか逆に彼を諭そうとでもするかのように、富岡はいつにない真剣な表情で田宮の顔を覗き込んできた。

「お前が心配することじゃない」

「……心配くらいさせてくれてもいいじゃない」

気を遣うなという意味で言った田宮の言葉に富岡は虚を衝かれたようになり、そのあと酷く傷ついた顔をした。

「……ともかく、無茶な行動はしないでくれ。頼む」

ふいと自分から視線を逸らした富岡を前に、なんとなくいたたまれないような気持ちが田宮を襲う。すっかり大人しくなってしまった富岡に田宮は一方的にそう言いおくと、あとを追ってくる気配のない彼をその場に残し、一人席に戻ったのだった。

席に着いた途端、新着のメールが来ているという表示を見て、まさか、と緊張しながら画面を開いた田宮は、そこに先ほど呼び出されたばかりの三条人事課長の名を見つけ、訝《いぶか》りながらメールを開いた。

『今後の対応について話し合いたいのですが。佐伯美津子《みつこ》へのヒアリングの結果もお知らせしたいので今晩時間をとれませんか？　七時にロビーでいかがでしょう』

どうしようかな、と田宮は自分のスケジュールを開いた。今夜は特に接待が入っているわけではないし、夕方遠出するわけでもないので都合が悪いということはない。

今後の対応か――全社の人事のすべてを握っているという噂の三条人事課長に対し、『断る』という選択肢などないことは田宮とてわかっていたが、どうも三条と差し向かいで話をするのには乗り気になれなかった。今まで人見知りなどしたことのない彼だったが、何故かあの三条には一瞬身構えてしまうのである。

絵に描いたようなエリート振りが鼻につくのか、と思ったが彼以上に『なにさま』と思われるような上司に対しても、苦手だという意識を持ったことはなかった。エリート振りというより、自身に対する演出が過多であるからかもしれない――それゆえ人間味を感じないのではないだろうか、と三条のメール画面を目の前に、ぼんやりとそんなことを考えてしまっていた田宮の目に、新着メールが届いた合図が浮かび上がった。あまり考えることなく新しく到着したメールを開いた田宮は、浮かび上がる赤い文字の羅列に頭から冷水を浴びせかけられたような衝撃を受け、呆然と画面に見入ってしまっていた。

『ホモはでていけホモはでていけホモはでていけホモはでていけホモはでていけホモはでていけホモはでていけホモはでていけホモはでていけホモは……』

朝来たのと全く同じメールが再び届いたのである。発信人は別の名前になっていたが、やはりフリーメールであることに変わりはなかった。衝撃が過ぎると田宮の内にふつふつとこの理不尽なメールに対する怒りが込み上げてきた。

一体何故自分がこのような嫌な目に遭わなければならないのか。こんな悪戯をしかけてくるのは誰なのか、なんとしてもこの姿の見えぬ犯人を引きずり出し、きっちりと理由を説明させたいという思いのままに田宮は再び三条からのメールを開くと、

『本日十九時、了解です』

と返信し、またこんなメールが来たとそのメールと先ほど来たメールを両方彼に転送した。

三条からは『了解』の返事がすぐ到着し、やれやれ、と田宮が一息ついているところにようやく富岡が自席へと戻ってきた。彼はちらと田宮の顔を見やったが、何も言わずに席に着くと無言でパソコンのキーを叩き始める。やがてポン、と田宮のパソコンの画面に新着のメールが来た合図が浮かび、開いてみるとそれは果たして後ろの席の富岡からのものだった。

『田宮さんが嫌がることはしませんが、自分でも色々調べてみたいと思います』

「………」

ちらと田宮は肩越しに富岡を振り返る。が、富岡は仕事に集中しているのか、はたまた田宮が『嫌がる』と思ってか、いつもなら『メール届きました?』くらいは言ってきそうなものなのに、今回は田宮を振り返ることはなかった。それ以降富岡は田宮に話しかけては来ず、逆になんとなく落ち着かない思いで田宮はその日一日を過ごしたのだった。

十八時五十分に田宮は「お先に失礼します」と席を立った。

「なんだ、今日はえらい早いじゃないか。接待でもなかったよなあ？」

隣の席の杉本が意外そうに声をかけてきたのに、「ええ、ちょっと」と言葉を濁し、立ち去ろうとしたとき、田宮の視界にちらと自分を振り返った富岡の顔が映ったが、やはり声をかけてくることはなかった。いつもなら「何処行くんです」と絡んでくる彼にこうも大人しくされてしまうと逆になんだか気になってしまう。

『……心配くらいさせてくれてもいいじゃない』

ぼそりとそう告げたときの彼の顔がやけに傷ついて見えたことが、田宮の心にずっと引っ掛かっていた。あんな顔をした富岡を見たのは初めてのような気がする——常に顰蹙《ひんしゅく》すれすれの押しの強さを見せる彼だけに、たまにしおらしく出られると戸惑いすら覚えてしまっていたのだが、とりあえず今はこれからの人事課長との面談のことを考えなければと気持ちを切り替え、田宮は待ち合わせ場所のロビーへと向かった。

約束の時間の五分前だというのに三条は既に来ていて田宮に向かって片手を挙げてみせた。

「申し訳ありません」

「いや、私が早く来ただけです」

にっこりと、それこそ完璧に演出された笑みを浮かべた三条が、「行きましょう」と田宮の背を促した。

「勝手に店を予約しました。『然《ぜん》』。場所は錦町です。いらしたことありますか？」

「いえ」

首を横に振りながらも田宮は戸惑いを隠せなかった。夜打ち合わせたいイコール食事、という頭があまりなかったからである。まあ今夜は高梨も泊まり込みだと言っていたし、と、田宮は三条と並んで歩きながら、昼間聞いた高梨の電話の声を思い出していた。

『ごろちゃん、大丈夫か？』

昨夜も結局徹夜になったのではと思わせる高梨の少し疲れの滲んだ声が告げたのが、己を案じる言葉であったということが田宮をたまらない気持ちにさせていた。

「大丈夫だよ」

あれから三度、フリーメールのアドレスから、田宮には同じような『ホモはでていけ』という赤字のメールが届いていた。高梨から電話をもらったときにも直前にそのメールが届いていたために声に動揺が表れてしまっていたのだろう。高梨の仕事のハードさも、その仕事に取り組む彼の真摯な姿勢も、誰より自分が一番理解しているはずであるのに、そんな彼に何故心配をかけさせてしまうのだろう。自己嫌悪のあまり溜息をついた田宮は、

「どうしました？」

という三条の問いかけにはっと我に返った。そう遠くはないので店まで歩きましょう、と肩を並べて歩いていたにもかかわらず一人の世界に入り込んでしまっていた自分を反省し、田宮は慌てて、

「申し訳ありません」

と頭を下げると何か会話の接ぎ穂になるような話題はないものかと一瞬頭を巡らせた。

「そんなに硬くなることはありませんよ」

苦笑するように笑った三条の笑みにはどうも「作った」感がある。何故そんなことを感じてしまうのだろう、と内心首を傾げつつ、田宮は再びすみませんと頭を下げると、大股で歩く彼に遅れまいと目的の店に向かって歩調を速めた。

馴染みのない店の名を聞いたときにも首を傾げたが、実際到着してみて田宮はそこがどう見ても接待に使うような高級店ではないかと眉を顰めた。

「予約の三条です」

「お待ちしておりました。いつもありがとうございます」

深々と頭を下げているのはこの店のオーナーなのだろうか。綺麗に髪を後ろに撫《な》で付け、スーツ姿もビシっと決まっているなかなかの美丈夫《びじょうふ》が、三条に向かって深々と頭を下げると二人を席へと誘導してくれた。

「この店は殆どが個室でね、ゆっくりと話をするにはいいところです。料理も薬膳《やくぜん》で健康的

だし、なにより美味《うま》い」

「恐れ入ります」

前を歩いていたオーナーらしき男が肩越しに振り返りつつ、田宮に説明していた三条に向かって軽く頭を下げる。

「さあ、どうぞ」

奥まったところにある二人用の個室の上座に三条は田宮を無理やり座らせると、

「最初はビールでいいですか？」

と恐縮する彼ににっこり微笑みかけてきた。

「はい」

「それじゃ、ビール二本」

「かしこまりました」

深々と頭を下げオーナーが部屋を出ていく。趣味のいい調度に飾られた部屋を田宮はものめずらしさからぐるりと見回してしまった。そこそこの値段であれば接待にも使えないかなと思ったのであるが、「なかなかいい店でしょう」という三条の声に慌てて彼へと視線を戻した。

「そうですね」

「ここは高杉良《たかすぎりょう》の小説にも登場したことがあるんですよ。『呪縛《じゅばく》』だったかな。今のオーナーも出てくる。なかなかハンサムだったでしょう？」

「そうなんですか」

へえ、と感心してみせた田宮に気をよくしたのか三条はまたにっこりと微笑むと、

「勝手にコースを予約してしまいました。フレンチと和食と選べるんですが今日はフレンチで」

「薬膳でフレンチ？」

「ええ、変わってるでしょう？」

そんな会話をしているところに注文したビールが運ばれてきて、二人はとりあえず乾杯、とグラスを合わせた。それからは次々と食事が運ばれてくるものだからなかなか本題には入れず、三条が本日の『用件』を切り出したのは、酒をワインに切り替え、メインのステーキにナイフを入れる頃になってしまった。

「ところで例のメールの件ですが、また届いたとか？」

「はい。夕方にもう一度。差出人は変えてありましたが……」

「一体誰の悪戯なんでしょうね」

三条は食べかけのナイフとフォークを皿に伏せた。いよいよ本題だと田宮も少し緊張しつつナイフを下ろし、三条と同じように皿に伏せる。

「佐伯美津子とは本日、昨日彼女が人事に送ったメールのことで話が聞きたいと呼び出し面

接したのですが、どうも手応《てごた》えがないのですよ。かえって人事が迅速に動いたことに動揺しているくらいで、『これほど大事《おおごと》になるとは思わなかった』と泣かれてしまいましてね」

「はあ……」

泣くくらいなら最初からやるなと田宮は内心思ったが、それを口にできるほどにはまだ三条と打ち解けてはいなかったので頷くに留め、彼の話の続きを待った。

「あくまでも私の主観ですが、彼女の仕業ではないと思います」

「そうですか」

「それでは一体犯人は誰なのか、という話になってきますが、どうでしょう、田宮さん。他に心当たりはありませんか？」

小首を傾げるようにして三条が顔を覗き込んできたのに、田宮は「心当たりと言われましても……」と当惑し、口籠《くちご》もってしまった。いきなり匿名で会社を辞めろと言われるような『心当たり』などあるわけがなかったからである。

「実は今日、こうして会社の外に席を設けたのは、なんでも包み隠さずお話しいただきたいと思ったからなんですけどね」

田宮を真っ直ぐに見つめる三条の顔は、二人で一本空けつつあるワインのためか薄《うっす》らと紅潮していたが、縁なし眼鏡の奥の瞳は真摯な光を湛えていた。

「はあ」

そもそも何も『包み隠す』ことなどないのだけれど、と思いながらも頷く田宮に三条は、田宮の思いもかけないことを言い出した。

「失礼を承知でお聞きしますが、そもそもの原因となりました例の噂……あなたとあの富岡君との関係は実のところどういったものなのでしょうか」

「はあ？」

「噂のとおり、同性愛の関係にあると？」

「冗談じゃない！」

一体何を言い出すんだと思わず大きな声を出してしまった田宮だが、更なる問いをかけてくる三条の表情があまりに真剣であることにようやく気づいた。

「『冗談じゃない』というのは、否定ですか？」

「当たり前です。あれは単なる噂で……」

「そうですか」

三条はあからさまにほっとしたような顔をして微笑むと、半ば啞然として己の顔を見返していた田宮に言い訳のようなことを言い始めた。

「いえね、勿論社員が同性愛者だからといって、佐伯君がメールに書いたように『リクルートに影響が出る』とは人事も思っていないですが、とはいえ世間で話題になるに相応しい話とは思いませんからね」

「……そうですね」

頷きながらも田宮の胸がちくりと痛んだのは、自身と高梨のことを考えてしまったためだった。富岡との仲は確かに『噂』に過ぎないが、『同性愛者』ということであれば、自分と高梨との関係は世間で言えばそれそのものなのだろう。その関係を『世間で話題になるに相応し』くないと言われたのである。田宮が気にしてしまうのも仕方のない話であった。

「単なる噂と知って安心しました」

そんな田宮の胸中など知らずにっこりと微笑みかけてくる三条に愛想笑いを返しながらも、なんとなくやりきれない思いを胸に田宮は密かに溜息をついてしまったのだった。


その後食事は滞《とどこお》りなく進んだが、帰る前にと田宮が手洗いに立っている間に支払いは三条が済ませてしまった。

「そんな……」

慌てて財布を出そうとする田宮に三条はまたあの作ったような完璧な笑顔で、

「今日は私が誘ったのですから」

と返し、決して彼に金を払わせようとしなかった。

「申し訳ありません」

根負けした田宮が頭を下げるとまた三条はにっこりと見惚れるような微笑みを浮かべ、それじゃ行きますか、と声をかけ店を出た。

「まだ早いな。お茶でも飲みますか」

大通りに出たところで腕時計をちらと見た三条が田宮を誘ってきた。

「でしたらそこは私が」

すかさず田宮がそう言うと、三条は「そうですか」とまた目を細めて笑った。

「それじゃ、軽くいきましょうか」

三条が田宮の背に腕を回し、タクシーの空車を求めて通りに一歩を踏み出そうとしたそのとき、

「田宮さん！」

いきなり後ろから大声で名を呼ばれ、驚いて振り返ったそこに田宮は信じられない男の姿を見出した。

「なにやってんだ？」

驚いたあまり大声を出した田宮につかつかと歩み寄ってきたのは富岡だった。何故この場に現れたのだという疑問を田宮が口にするより前に富岡は彼の腕を摑むと、「帰りましょう」と強引に自分の方へと引き寄せようとした。

「おい？」

「君は一体……」

富岡の突然の登場に驚いたのは田宮だけではなかった。三条もかなり驚いたようでしばし呆然と富岡の動きを見つめていたが、やがて我に返ったのか、

「やめなさい」

と田宮との間に割って入ろうとした。

「帰りましょう」

が、富岡は三条のことなど全く無視して強引に田宮の腕を引き、大通りを歩き始める。

「やめろって」

「いい加減にしたまえ」

慌てた田宮と、怒りを露にした三条の声が大通りに響き、周囲を歩くビジネスマンたちの注目を集めた。さすがに人目を気にしたのか富岡はようやく足を止め、田宮と三条の方に体を返した。

「なんなんだね、君は」

「それはコッチの台詞《せりふ》だ！」

富岡の怒声にまた周囲の通行人の注目が集まった。

「富岡？」

一体何事だと眉を顰める田宮をちらと見下ろした富岡は、また怒りの籠もった眼差しを三条へと向けると、

「噂は事実無根で、田宮さんは単なる被害者です。これ以上付き纏うのはやめてください」

一気にそう言い放ち、啞然としている田宮の腕を再び取ると「行きましょう」と彼の手を引き歩き始めた。

「お前、何言ってんだよ？」

「あとで話します」

肩越しに後ろを振り返り、富岡はちょうどやってきたタクシーの空車に手を挙げ停《と》めると強引に田宮を中に押し込み、自分も車に乗り込んできた。

「おい？」

「待ちなさい」

慌てた三条の声は閉まる自動ドアに遮られた。

「高円寺《こうえんじ》」

田宮の代わりに行き先を告げた富岡の声でタクシーは走り出し、何がなんだかわからないながらも田宮は後ろを振り返って、その場に呆然と立ち尽くしている三条をやはり呆然と見やってしまった。

「高円寺はどの辺で？」

「ええと、何処でしたっけ？　田宮さん」

運転手に聞かれた富岡が背を叩いてきたのに、田宮はようやくこのあまりにも不自然な状況を作り出した張本人を怒鳴りつける気持ちの余裕を取り戻した。

「何処って、お前、一体どういうつもりなんだよっ」

「どういう？」

「そもそもなんでここにお前がいるんだ？」

「それより、高円寺の何処でしたっけ？」

「それよりってあのなあ」

更に怒鳴りつけようとしたところで田宮はミラー越しに自分の返事を待っている運転手と目が合ってしまった。

「……蚕糸《さんし》の森公園のあたりで……」

「環七《かんなな》ですね」

了解、と頷く運転手に愛想笑いを返した田宮は、そんな場合じゃない、と慌ててまた傍らの富岡へと凶悪な視線を向けた。

「何がどうなってるのか、俺にわかるように説明しろっ！　なんだってお前がこんなところにいるんだよ！」

「僕の方こそ聞きたいですよ。なんで人事の三条なんかと二人でメシなんか食ってるんですか」

「それをなんでお前が知ってるんだよ？」

「そりゃもう」

蛇《じゃ》の道はヘビ、と言いかけた富岡の頭を田宮は力一杯殴った。

「いったー」

「ふざけるなよな？」

じろりと田宮が富岡を睨みつける。

「西村に聞いたんですよ」

「また彼女か。お前ら一体なんなんだよ」

「やだな、妬いてるの？」

にや、と笑った富岡の頭を再び田宮が力一杯叩く。

「いったー」

「だからふざけるなって言ってんだろ？」

「ほんと、田宮さん手が早いんだから……」

ぶつぶつと文句を言いながらも富岡は田宮の前で居住まいを正すと、真剣な口調で話し始めた。

「今日、田宮さん一人で人事に呼び出し食らったじゃないですか。一体なんの用だったのか……僕の悪ふざけが原因で、昨日から人事には呼び出されるわ、変な匿名メールは来るわで田宮さんには迷惑のかけどおしだったから、また何か迷惑かけてるんじゃないかと心配になって、西村に何か知らないか聞いたんですよ。そしたら西村が更に俺の心配を煽るようなこと言い出すから本気で心配になっちゃって……」

「なんて言ったって？」

三条との面談中、茶を淹れに来たほんの数十秒の間で西村は一体どんな情報を摑んだというのだろう。純粋な興味からつい田宮がそう口を挟むと、富岡は一瞬言いづらそうな顔をしたあと、更に小さな声で、

「三条がホモだって」

と、田宮を仰天させるようなことを言い出した。

「なんだって？」

「田宮さんを見る目がフツーじゃないって。今晩何処かの店に予約を入れてる電話を小耳に挟んだから、もしかしたら誘うつもりじゃないの、なんてことを聞いたところにもってきて、接待でもないのにあんなに早く会社出るからさ、気になってつい……」

「まさか、あとをつけた……？」

「ロビーまでって思ったら、待ち合わせの相手はやっぱり三条だったじゃない。なんかあったら大変だと思って……」

「あるわけないだろう⁉」

「わからないじゃないですか」

「わかるって！」

またも大声になってしまった田宮は、ミラー越しの運転手の非難の籠もった視線に気づき、いけない、と首を竦めた。

「僕もさっき、田宮さんを見る三条の目見て確信しましたよ。絶対あいつ、ヨコシマな目で田宮さんのこと見てますって」

「……なわけないだろ？」

「田宮さん、鈍感でわからないだけですよ」

「わかるよ。自分がどんな目で見られているかくらいは」

「どうだか」

「……あのねえ」

やれやれ、と田宮は富岡を前に大きく溜息をついた。自分が人事に呼び出された真相を話さない限りこのくだらない水掛け論は終わらないかもしれない。他言無用とは言われたがいつまでも不毛な論議を続ける気力が既に田宮には残っていなかった。仕方がない、と彼は簡単に、人事部長宛に自分の退職を勧告する手紙が届いたことや、三条がその犯人にと目星をつけた佐伯にヒアリングした話などを聞いたのだ、と富岡に説明してやった。

「そうだったんですか……」

ようやく納得してくれたらしい富岡を前に、田宮はやれやれ、と溜息をつきかけたが、

「それでもまあ、三条には下心があると思いますけどね」

という富岡の言葉の前に脱力しそうになってしまった。

「お前なあ」

「それより気になるのは人事部長宛にそんな手紙を送ってきたのは誰か、ですよ」

富岡の憤りはそのまま姿の見えぬ『犯人』に向けられてしまったようだった。

「田宮さん宛に匿名のメール送ってきただけでも許せないと思ってたけど、人事部長にまでそんな手紙を送っていただなんて、一体何処のどいつがそんなふざけたことしてるっていうんでしょう」

拳を握り締め、怒りに肩を震わせる富岡は今にも犯人捜しに暴走しかねない雰囲気で、自身も憤りを感じている田宮が「まあまあ」と宥《なだ》めてやる始末だった。

「明日からの様子を見るよ。佐伯じゃないが、一日で気が済むかもしれないし」

「……すみません」

佐伯の名が出た途端、それまでの怒りは何処へやら富岡はしゅんとなってしまった。自分のふった女の子のしでかしたことを詫《わ》びているらしい。

「あ、そういう意味じゃなく……」

人のよい田宮は彼の様子を見て慌ててフォローを入れようとしたが、ふと、佐伯以外にも富岡にふられたことを根に持っているような女の子がいたのではないかということに思い当たった。

「それよりさ」

それを富岡に聞くと、富岡は申し訳なさそうな顔のままではあったが、きっぱりと田宮の問いを否定した。

「別れ際に面倒起こすような不手際を僕がするわけがない」

あまりに自信に溢れるその言葉に、佐伯はどうなんだ、とつい意地悪を田宮が言うと、

「あれは例外中の例外。だいたい彼女とは付き合うどころか、二人でメシ食いにいったことすらないんですよ？　それを『飽きられて捨てられた』だの『身体だけが目当てだった』だの、あることないこと……いや、ないことないことばっかり皆に言いふらされて、僕自身も迷惑してたんですよ」

富岡は心底迷惑そうな顔でそう肩を竦めてみせたが、すぐにまた真面目な顔になると、

「まさか田宮さんにまで迷惑が及ぶとは思っていなかったんだけど」

本当にすみません、と再び深く頭を下げた。

「でも、三条の言葉を信じるわけじゃないけど、僕も今回の田宮さんへの嫌がらせは佐伯じゃないような気がするんですよね。佐伯の攻撃の的は僕のはずなのに、今回は僕の名前が一

度も出てきてないでしょう」

「確かにそうなんだよな」

うーん、と田宮も腕組みをし、宙を睨んだ。と、そのとき、

「そろそろ東高円寺ですが」

と、運転手が声をかけてきて、田宮たちの思考と会話は中断された。

「駅でいいです」

「え？　家まで送りますよ」

「いいよ、まだ早いし」

田宮は強引に運転手に駅で車を停めさせた。

「田宮さんの家、行きたいなあ」

「絶対駄目」

ほら、降りろと富岡を急き立《せ》てて降ろそうとしながら、運転手に金を支払う田宮を見て、「僕が出します」と富岡は慌ててポケットから財布を出した。

「いいよ」

「だって僕が無理やり乗せたんだし」

「そうだけどいい」

「なんでよ」

「いいから降りろ」

無理やり富岡を車から降ろし、田宮は運転手から釣りを受け取ると自分も車を降りた。

「田宮さん」

「お前の家、横浜《よこはま》の方じゃなかったっけ？　全然通り道じゃないし、まさかあのままタクシーに乗ってこうとしてたわけじゃないだろ？」

「まさか。カネないし」

肩を竦めた富岡に、「だからいいんだよ」と田宮はポケットに釣り銭をしまうと、

「それじゃ、お疲れ」

と片手を挙げて踵を返した。

「送っていきます」

「いい」

「送らせてください」

「いいって」

「送りたいんだけど」

「俺が嫌なんだよ」

富岡があとをついてこようとする気配を察し、田宮は足を止めて後ろを振り返った。

「なんでよ。『良平』がいるから？」

「関係ないだろ」

「挨拶したいな」

「……馬鹿じゃないか？」

いい加減にしろ、と田宮はじろりと富岡を睨むと、

「いいから帰れよ」

と、彼が駅へと引き返すまではその場を一歩も動かんぞ、という素振《そぶ》りを見せた。

「つれないなあ」

「普通です」

「仕方がない」

あーあ、と富岡は大きく溜息をつくと、それでも未練たらしく田宮の顔をちらと見上げたが、じろ、と田宮にもう一睨みされてようやく諦めたようだった。

「それじゃ、田宮さん、また明日」

「お疲れ」

自分の声に送られ、駅への道を戻り始めた富岡の後ろ姿をしばらく見やったあと、田宮はやれやれ、とようやく踵を返し、家への道を歩き始めた。

全くなんという一日だったのだと思う。わけのわからないメールのあとは、人事部であらゆる権限を握っていると言われている若きエリート、三条との会食、その挙句に乱入した富

岡に拉致《らち》されるようにして連れ帰られるとは、と、またも溜息をついた田宮は、それにしても、と先ほどまで富岡と二人して考えていた、一連の嫌がらせの犯人について考え始めた。

『佐伯の攻撃の的は僕のはずなのに』

そう――今までこの『嫌がらせ』は富岡絡みの嫉妬《しっと》か何かだと思っていたけれど、攻撃の的が自分に移っているということは、原因は自分にあると考えた方が自然なのではないだろうか。

原因――自分に対しここまでのことをするだけの悪意を抱いていそうな人間がいるかと田宮は考えを巡らせたが、少しも思い当たることはなかった。富岡を落ち着かせるために口から出任せを言っただけだが、本当に明日には嫌がらせの主の気も済み、何事も起こらなければいいのだが、と溜息をつきつつ家路を急ぐ田宮の傍らを、救急車がサイレンを響かせ、物凄い勢いで通り過ぎていった。駅へと向かうその車を、急病人でも出たのだろうかと田宮はなんとなく振り返って見たのだったが、まさかその車を待っていたのが先ほど別れたばかりの富岡であることなど、当然のことながらわかる由《よし》もなかった。

田宮と別れたあと、富岡は後ろ髪を引かれる思いで駅の階段を下りていた。ちょうど地下鉄が到着したらしく、階段一杯に富岡に逆行し外に出ようとする人間が溢れている。そんな時間なのかとちらと彼が腕時計を見やったそのとき、後ろからいきなりドン、と強く背中を押された。体勢を立て直そうとしたところをまた強く背を突かれ、驚いて振り返る間もなく、富岡はそのまま駅の階段を物凄い勢いで転がり落ちていった。

「きゃーっ」

階段を上ろうとしていた乗客たちの間から悲鳴が上がり、あれほど混雑していたその場の人垣がざっと割れた。

「う……」

強く頭を打ち付け意識が次第に遠くなり、変な方向に折れ曲がった足に全体重がかかってしまい、激痛が富岡の身に走る。

「大丈夫ですか？」

騒ぎを聞きつけ、慌てて駅員が飛んできた。混濁する意識の中、その駅員が自分を立ち上がらせようとするのはわかったが、富岡の身体は動かなかった。

「担架をっ」

「救急車も呼んだほうがいいんじゃないか？」

わらわらと更に数名の駅員が駆け寄ってくる音が微《かす》かに富岡の耳に響いている。

「こりゃ折れてるな。大丈夫ですか？」

年配の駅員の声が聞こえたが、答えられたかどうか——既に意識が朦朧としていた富岡の耳に、周囲を取り巻く野次馬たちの声が遠く響いていた。

「どうしたの？　酔っ払い？」

「違う、誰かに突き落とされたのよ」

「突き落とされた？」

「あたし、ちらっと見た！　男だった！　サラリーマン風の」

そう叫ぶ若い女の声を聞いたのを最後に、ついに富岡は完全に意識を失ってしまったのだった。


信じられぬ災難に富岡が見舞われていることなど知る由もない田宮は、その頃アパートにちょうど帰りついたところだった。

「あ」

見上げた自分の部屋に灯りがついているのに気づき、田宮は慌てて外付けの階段を駆け上ると鍵を開けるのももどかしくドアを開いた。

「ああ、おかえり」

ベッドサイドで鞄に着替えを詰めていた高梨が、伸び上がるようにして玄関の彼に声をかけてくる。

「なんで？　泊まり込みじゃなかったのか？」

靴を脱ぐ間も惜しいと乱暴に脱ぎ散らかし、田宮は彼の方へと駆け寄った。

「おかえりのチュウ」

支度の手を休め、高梨が田宮を抱き寄せながら軽く唇を合わせてくる。

「………」

いつもであればもう少し濃厚なキスを交わすのに、どうやら高梨にはあまり時間がないらしい。田宮は自分からも「ただいま」と軽く唇を合わせると、鞄の中を覗き込み、まだ入っていなかったワイシャツや靴下をクローゼットに取りに向かった。

「おおきに」

支度を田宮に任せ、高梨は服を着替え始めた。

「シャワーは?」

「浴びてる暇あらへんなあ」

慌ただしくシャツを脱ぐ高梨に、無駄と思いつつ、

「なんか食う?」

と田宮は尋ねたが、やはり「あまり時間がないんや」と笑って返されてしまった。

「今回長丁場になりそうでな、近所に聞き込みにきたついでに、ちょろっと着替えを取りに寄ったんや。早い時間やったさかい、ごろちゃんには会えへんと思うとったけど、なんやついてたわ」

な、と片目を瞑った高梨を前に、今日はさんざんな目に遭ってきた田宮も思わず笑ってしまった。

「そうだね。俺も今日はついてたや」

高梨は田宮の顔をちらと見たあと、何か問いかけたそうな表情をしたが、

「あまり時間がないんだよな？」

と田宮が着替えを詰め終えた鞄を持ち上げると、

「せやね」

と止まっていた脱衣の手を動かし始めた。

「そしたらまた電話するわ」

あっという間に支度を終えた高梨が、田宮から鞄を受け取りがてら彼を抱き寄せ、ちゅ、と音を立てて唇を塞いだ。

「気をつけて」

「ごろちゃんもな」

「…………」

再び唇を合わせ囁いてきた高梨の顔を田宮は無言で見上げていたが、やがて、

「うん」

と深く頷くと、「いってらっしゃい」と背伸びをし、逆に彼の唇をキスで塞いだ。

「戸締まりもちゃんとしいや」

「わかってるって」

玄関へと共に向かい、再びドアの前で『いってらっしゃいのチュウ』を交わしたあと、高梨が「せや」と何か思い出したような顔になった。

「なに？」

「ごろちゃんの会社も『商社』やったよな」

「うん、一応」

一体何を言い出したのだろうと高梨の顔を見上げた田宮は、続く彼の言葉に思わず絶句してしまった。

「商社でもホモって評判の人なんか、おるんかな？」


——俺だよ。


真っ先に浮かんだ答えを口にするより前に、相当急いでいるらしい高梨は、

「まあ何処の会社でも評判にはならへんよな」

と一人納得したように笑い、それじゃな、とまた軽く唇を合わせるとそのままドアを出ていった。

「…………」

評判、という以上に、昨日今日と殆ど全社的に「ホモ」の噂を立てられていることを高梨が知ったらどう思うだろう——田宮の口から、思わず大きな溜息が漏れてしまう。

まあそれを知られるチャンスが訪れることもあるまい、と田宮は気持ちを切り替え、少しも早くこのわけのわからない状況から脱したいと再び一人、嫌がらせの犯人について考え始めたのだったが、来るはずのないその『チャンス』が間もなく彼らの上に訪れようことなど、勿論彼に予測できるわけもなかった。

monologue ③

飲食とセックスは似ている、と、何処《どこ》かで読んだことがある。

笑顔の可憐《かれん》なあの青年との会食は、久々に心躍る思いがした。咀嚼《そしゃく》する口元が、会話の途中見え隠れする紅《あか》い舌が、ワインの酔いに薔薇《ばら》色に染まる頰《ほお》が、私を心地よい昂揚へと導き、煽《あお》られる劣情に全身の血が滾《たぎ》る興奮を久々に味わうことができた、素晴らしい夜だった。

彼が大人《おとな》しやかな外見に似合わず、意外に活発な性格であることは会話をしているうちにわかってきた。困ったような顔、晴れやかな笑顔、心配そうに眉を顰《ひそ》めた憂いのある顔――あの短時間で彼はどれだけの魅力的な表情を私に見せてくれたことだろう。お気に入りの店で、お気に入りのヘルシーな食事をし、お気に入りのワインを飲みながら、神の見事な造形美を愛《め》で会話を楽しむ。

本当に素晴らしい夜だった。頭痛に悩まされることもなければ頭の中で妙な羽音を聞くこともなく、晴れやかな気持ちのままに彼と更なる親睦を深めようとしたそのとき――あまりにも無粋な邪魔が入った。

一体あの男はどうしてあの店をつきとめたのだろう。驚きが私の行動を鈍らせ、気づいたときには彼を連れ去られてしまっていた。傍若無人は決して若さの特権ではない。今宵、あの微笑を浮かべる頰を手に中に収めるのは私であったはずなのに、何故《なぜ》あんな礼儀知らずの若者に横からさらわれなければならないのか。

忌々《いまいま》しい――。

まったくもって忌々しい。彼は嘘《うそ》を言ったのだろうか。二人の関係を彼は即座に否定した。嘘をついているようにはとても見えなかった。あの生意気な若者が一方的に言い寄っているだけなのではないだろうか。彼は酷《ひど》く迷惑をしているのではないだろうか。

可哀想に、と思ったときには私は空車のタクシーに手を挙げていた。彼の自宅住所のデータは頭に入っている。そのまま家に行くのかと思っていたら、彼らは駅で車を降りた。やはり彼は嘘などついていなかったのだ。その場で別れる二人の姿は、私を酷く安堵《あんど》させると共に酷く苛立《いらだ》たせた。

『これ以上付き纏《まと》うのはやめてください』

整っていると自身が思い込んでいる顔を歪《ゆが》め、私を怒鳴りつけてきた若造のあの言葉が妙に頭に引っ掛かっている。同類を私が見抜くように彼も私を同類と見抜いたとでもいうのだろうか。私のレプリカのようなあの若造。過剰な自我が服を着ているようなあの生意気な若造は、中身まで私に似ているとでもいうのだろうか。

忌々しい――。

自分のレプリカなどいらない。そのレプリカが、あの可憐な笑顔に近づこうとする私を妨害しようとしているのなら尚更不要といえるだろう。

駆除してしまえ、といつの間にか頭の中に戻ってきた何者かがカリカリと何処ぞを引《ひ》っ掻《か》きながら私に囁《ささや》きかけてくる。

駆除――駆除か。

いいかもしれない――それを望んでいるのは私だけではないかもしれない、とワンブロックほど離して停《と》めた車の中で私はその『何者か』に頷《うなず》いてみせる。

迷惑そうな顔をしている彼の顔を見ているうちに、次第に私の決意は固まってくる。何より少しもそれは私にとって『たいしたこと』ではなかったじゃないか、と気づいたとき、私の心は決まっていた。

『助けて――』

きっと彼も、自分にしつこく付き纏うこの若造に酷く迷惑しているに違いない。救いを求める声まで私にははっきり聞こえてくる。

『助けて――』

いや――違う。恐怖に顔を歪め懇願するように両手を伸ばしてきたのは――彼じゃない。ぼろぼろと両方の瞳から涙とは思えぬ水滴を滴《したた》らせていたのは確か――。

行動が妨げられそうな思考を私は無理やり抑え込み、そっとあの男のあとを追った。真《ま》っ直《す》ぐに伸びた背筋。堂々としている風を装うその歩き方からして気に入らない。

駆除してしまえ、とまた私の中の何者かの声が聞こえる。人波に溢《あふ》れる階段の上から私はあの男の肩越しに下を眺め、そのまま一気にその背を押した。しぶとく居残ろうとする身体《からだ》をもう一度――ダダダ、と物凄《ものすご》い勢いで彼の身体が転がり落ち、周囲から悲鳴が湧き起こったときには私はその場を立ち去っていた。

あの男はどうなっただろうか。死んだか——人はそう簡単に死ぬものではないか。
いや——あっけないものだったな、と私は両掌《りょうてのひら》を顔の前にかざしてみる。
この手で絞《し》めた華奢《きゃしゃ》な首——彼はもう見つかったのだろうか。
誰に知られることもなくひっそりと腐ってゆく彼の身体——人の死はあまりにあっけなく、
そして——。
取るに足りないものなのだろう。

5

夜になり、高梨《たかなし》たちは情報屋のミトモから教えられた被害者の牧村《まきむら》やその恋人とされる『ユウジ』のいきつけのホモバーを何軒か当たったが、ユウジの正体についてこれといった情報を得ることはできなかった。

「現場百回かねえ」

店内に溢れるある種独得な雰囲気——淫靡《いんび》としかいいようのない空気に当てられたのか、納《おさめ》が高梨を誘い、二人は再び殺害現場となった早稲田の被害者のアパートへと引き返した。

「サメちゃんはああいう店ではモテるなあ」

「お前こそモテモテだったじゃねえか」

虚《むな》しい褒め合いをしながら脱力した笑みを交わし、「さてと」と高梨はポケットから白手袋を取り出し両手に嵌《は》めると、何か『ユウジ』の正体を知る手がかりはないかとあたりを捜し始めた。

「仕事も順調、社内でも客ともトラブルはなし。借金するもされるもなし、他に付き合っていた男も女もなし、となると、やっぱり怪しいのは『ユウジ』だよなあ」

「決め付けるのは危険やけどね」

納も床に顔を近づけ、鑑識や捜査員たちの見落とした『何か』を求めて注意深く室内を這《は》い回っている。

「しかし疑わしくはあると思わんか？　どの店で聞き込んでも『ユウジは素性を隠していたので何処の誰だかわからない』だぜ？　オカマは口が軽いのが身上っていうあの世界で、あれだけ『素性を隠していた』ことは知れ渡ってるのにその素性がバレてないっていうのは、あまりに周到すぎると思うんだが」

「口が軽いのが身上やなんて、オカマに怒られるで？」

「口の堅ぇオカマに会ったことがあるかよ」

「サメちゃんがオカマに造詣《ぞうけい》が深いとはほんまに意外やったわ」

軽口を叩き合いながらも二人の目は真剣だった。三十分ほど床を這い回り、家具を動かしたり、クローゼットの中を覗《のぞ》いたりしてみたが、ユウジの正体に繋《つな》がるものは勿論《もちろん》、彼の写真一枚見つけ出すことができなかった。

「……無駄足かねえ」

やれやれ、と納はどっかと床に腰かけ、ベッドにもたれかかって天井を見上げた。この事件の前もほぼ徹夜が二日ほど続いていたらしい。さすがに新宿サメと異名をとる彼の顔にも疲労の色が濃い。高梨とてそれは同じことで、

「まだ現場二回やないか」

百回にはあと九十八回あるわ、と笑いはしたが、そろそろ帰るか、と立ち上がって納の肩を叩いた。

「現場十回くれえで何か見つかるといいんだがなあ」

よいしょ、と勢いをつけて納が立ち上がったとき、ズッとベッドの位置がずれた。

「最後にベッドの下でも拝んでから帰るか」

「せやね」

このしぶとさが納の特徴でもあるのだ、と高梨はくすりと笑うと彼に付き合い、二人がかりでも重いベッドをよいしょ、と持ち上げた。

「腰にくるわ」

「高梨もトシには勝てないか」

「タメやないか」

酷いな、と笑った高梨の目の端に、キラ、と何か光るものが映った。

「なんやろ」

「どうした？」

ベッドを脇《わき》へと下ろし、高梨は確かに捕らえたと思った光源を捜して床に顔を近づけた。

壁とカーペットの僅《わず》かな隙間《すきま》に何かがめりこむようにして落ちている。一体なんだ、と高梨は手袋を嵌めた指で埋め込みのカーペットを広げ、なんとか金属のそれを引っ張り出すと納に示してみせた。

「バッジ……こりゃあ、社章じゃねえか？」

納の顔に一気に血が上る。叫んだ声が興奮で上擦《うわず》っていた。

「牧村のモンかもしれんし、別の人間の落とし物かもしれん。ぬか喜びにならんとも限らへんけどな」

「顔が笑ってるぜ、高梨！」

二人とも牧村のスーツについていた彼の社章の形は覚えていた。明らかに今、高梨が発見したものとは違う。ユウジの前に付き合っていた神崎《かんざき》は牧村とは同じ社であるからこの社章の持ち主ではない。浮いた噂の一つも聞かれぬ牧村のベッドの下から発見されたこの社章が、少しも素性が見えてこない『ユウジ』のものである確率は高い。

「都内に本社、支店のある商社の社章を片っ端から当たるか」

「一部上場のな」

よし、と高梨と納は顔を見合わせ、深く頷き合った。

「いい土産ができたぜ」

「ほんまやな」

いいながら高梨は納に社章を手渡した。『現場百回』を申し出た彼に手柄を譲ろうとしたのである。

「気ぃ遣うガラかよ」

「お互い様やないか」

あはは、と笑った高梨の頭を、この社章を何処かで見た記憶が掠《かす》めた。

「………」

何処だったか――アルファベットのTの文字をデフォルメしたこの形には見覚えがあるのだが、何処で誰のスーツの襟《えり》についていたものを見たのかを思い出そうとしても、なかなか記憶が像を結ばない。

「どうした、高梨」

「いや……」

黙り込んでしまった彼に、納が何事だと声をかけてくる。まあ調べればすぐわかるだろう、と高梨は己の思考を打ち切ると、

「ほな、帰ろか」

と納を促《うなが》し、二人して捜査本部のある新宿署へと向かった。

捜査会議の始まる前に社名を調べてしまおう、ということになり、ITは得意分野だという橋本《はしもと》がインターネットで検索することになった。

「『T』のつく商社を片っ端から当たりますか」

どれ、と腕まくりをし、橋本がキーボードを操作し始める。

「専門商社も加えると結構ありますね。マークは検索のしようがないからな……こりゃ企業専門の誰かに聞いた方が早いかも……」

言いながらも橋本は次々と商社といわれる会社のホームページを開き、会社のマークを確かめてゆく。

「『商社』か……」

先ほどから高梨は記憶の糸を辿《たど》っていた。このマークは何処かで見覚えがある。しかも意外に近しいところで見た気がする——何処だったかな、と首を傾《かし》げたときに、ふと、数時間前に期せずして会うことができた田宮《たみや》の顔が浮かんだ。

「あ」

思わず大きな声が高梨の口から漏れる。そうだ、このマークは確か、田宮が何度か家に持ち帰ったことのある社名入りの封筒に記されていなかっただろうか。

「どうした、高梨」

「高梨さん？」

愕然《がくぜん》、としか言いようのない顔になった彼を案じて納と橋本が声をかけてきたのに、高梨は我に返ると、

「あんな、検索してほしい社があるんやけど」

と田宮の勤め先の名を告げた。

「はい」

「あれ？　そこって確か……」

手早くキーを叩《たた》き、社のホームページを探し当てた橋本がクリックしてそこへ飛ぶ。聞き覚えのある社名に首を傾げた納が、そして橋本が、当の高梨までもが、画面に浮かび上がったその社のロゴマークに「あ」と大きな声を上げた。

「ここだったんだ……」

「……高梨」

当惑を隠しきれない納の呼びかけに、高梨も当惑したように頷き返す。

「ごろちゃんの会社じゃねえか」

「なんですって？」

橋本が仰天した声を上げるのに、

「ほんま、えらい偶然やなあ」

と高梨はなんともいえない顔になり、二人を見返し溜息《ためいき》をついたのだった。

すぐに始められた捜査会議の席で、高梨と納をはじめ数名の捜査員たちが田宮の社に聞き込みに行くことが決まった。情報屋のミトモが描いた似顔絵がコピーされ、各自の手に配られる。

「しかしお前らしくもない、ごろちゃんの社の社章なら見飽きるほど見てるんじゃねえのか？」

覆面パトカーの中、ようやく驚きも収まった納がそう尋ねてきたのに、

「ほんまになあ」

面目ない、と高梨は納の前で頭を掻いた。

「普段社章はつけんでもええみたいで、いっぺんもつけとるとこは見たことなかったんやけど、にしてもあのマーク見てすぐわからへんゆうのは我ながらボケがきとるわ」

しかも同じ『商社』やで、と溜息をつく高梨の肩を納は「気にするな」と軽く叩いた。

「事件とごろちゃんを遠ざけて考えたかったんだろ」

「サメちゃん、優しすぎるわ」

おおきに、と頭を下げた高梨の心中はまさに納の言葉どおりだった。かつて思いもかけぬ事件に巻き込まれ、心と身体に深い傷を負った田宮に、二度と同じような思いを味わわせたくないと思うあまり、無意識のうちに事件と彼を切り離して考えようとしていたのだろう。

「同じ会社といっても、東京本社の従業員数は千人以上いるらしい。ごろちゃんも大きな会社に勤めてたんだな」

「ほんまやね」

頷いた高梨だったが、その千人の中から似顔絵一枚で『ユウジ』を捜すのは至難の業《わざ》かも

しれない、という心配も芽生《めば》えてくる。

「どないして捜すかな」

「千人か……参考人でも容疑者でもねえからなあ。地道に聞き込むしかねえか」

二人の乗った覆面パトカーが田宮の社の入っているビルの前に到着する。時刻は正午になろうとしていた。

「お昼休みにランチに出かけるＯＬさんにでも聞くか」

「サメちゃん、やけに嬉《うれ》しそうやな」

「馬鹿言え」

憮然《ぶぜん》となった納に「冗談やて」と高梨は笑い、二人して車を降り立つと私服姿の女性たちに近づいていった。

「すみません」

綺麗《きれい》な標準語で高梨は彼女たちに社名を聞き、まさに目当ての社の社員であることを確認する。

「お急ぎのところすみません」

「いえ」

彼女たちの顔が笑みに綻《ほころ》んだのは、声をかけてきたのがぱっと目を引くほどの美丈夫《びじょうふ》だったからに違いない、と、そういったリアクションを得ることが稀《まれ》である納はその様子を見ながら一人心の中で溜息をついた。

「実は我々はこういうものなんですが」

「わ」

「警察？」

高梨がそっと示してみせた警察手帳に、女の子たちが驚いた声を上げ、まじまじと手帳と高梨の端整な顔を見上げた。

「この人物を捜しているんですが、お心当たりはありませんか？」

「ええ〜？」

高梨の示した似顔絵を額《ひたい》を突き合わせるようにして眺めた彼女たちは、やがてそれぞれに顔を上げ、「さあ……」となんともいえない顔をして首を傾げた。

「似てる人でもいいんですが」

「似てるといえば似てるし、似てないっていえば似てないし……」

「うん、絵だとよくわからないよね」

互いに頷き合ったあと、中では一番年長に見える女性が、

「この人、何かの事件の犯人なんですか？」

と目を輝かせながら高梨に尋ねてきた。

「いや、犯人ではないですよ、事件の関係者と思われる人物ではありますが」

「でも警察がこうして捜してるってことは、容疑者とか参考人とか、そういった人なんじゃあ？」

「いえいえ、本当にそういうわけじゃないんですよ」

困ったな、というように高梨は苦笑し、助けを求めるように納を見た。

「先ほど『似ているといえば似てるし』とおっしゃいましたよね？　誰か似ている人物に心当たりがあるんですか？」

ずい、と納が高梨と彼女たちの間に割り込んでいくと、女性たちは高梨より数倍無骨な、いかにも『刑事』という風体《ふうてい》の彼を前に、たじろぎをみせた。

「似てるっていうほど似てないんですが……」

「え？　誰？」

「アジア課の山田《やまだ》君」

「え～、似てないでしょ」

ぼそぼそと三人で話し合っていたかと思うと、

「すみません、ちょっとわかりません」

と高梨に似顔絵を返して寄越した。

「アジア課の山田さんという方は、おいくつくらいの方なんですか？」

食い下がる納に、女の子たちはまた顔を見合わせると、

「二年目なんですが……でもほんと、似てるっていうほど似てはいないんですよ」

と最年長らしい女性がおどおどと答え、「もういいですか?」とちらと高梨を見た。

「二年目……」

情報屋のミトモの話ではユウジは管理職であったという。違うな、と高梨と納は互いに顔を見合わせたあと、すぐ二人して笑顔になると、

「どうもありがとうございました」

と彼女たちに向かって頭を下げた。途端にほっとしたような顔になり、三人は「それじゃ」と高梨たちに頭を下げ、その場を駆け去っていく。

「思ったより難しそうだな」

「せやね。警察が捜しとるゆうたら、誰かて容疑者やと思うやろうからなあ。それで『誰に似てる』とはなかなかよう言われへんかも」

「当たって砕けるしかないか」

やれやれ、と溜息をついた納は、近くを通りかかった先ほどと似た雰囲気の二人連れの女性に声をかけた。

「すみません、ちょっといいですか?」

「はい?」

人気の店に走ろうとでもしていたのか、あからさまにむっとしたような顔をした二人の事

務職も納が手帳を見せると、途端に驚きと好奇心がないまぜになった表情になり、納の差し出す似顔絵をまじまじと見始めた。

「どうでしょう、似ている人、いないでしょうかね」

「うーん、似てるっていえば似てるし、似てないっていえば似てないし」

「絵だとよくわからないよねえ」

先ほどと同じリアクションを見せ、彼女たちも高梨らの前から去っていった。

「ほんま、当たって砕けろ、やね」

周囲では他の刑事たちも、同じように社員たちに尋ねては玉砕しているようである。社員が千人いるのなら千人に聞くまでだ、と高梨は腹を括《くく》り、前を横切ろうとした四人連れに、

「すみません」

と声をかけた。

「はい？」

眉を顰めて立ち止まった女性にまた手帳を示したとき、彼女は驚いたように高梨を見返してきたが、その驚き方が今までにないリアクションのように高梨には見て取れた。

「実はこの人物を捜しているのですが、お心当たりは……」

似顔絵を取り出した彼に、その女性は、

「警察の手配って早いですねえ。もうモンタージュができたんですか？」

と驚いたように、綺麗にメイクした目を見開いた。

「はい？」

「え？　昨日の件でいらしたんじゃないんですか？」

意外そうな高梨のリアクションに、形のいい眉を顰めたその女性が逆に問い返してきた。

「昨日、何かあったんですか？」

「ええ、ウチの社員が駅の階段から突き落とされたんです」

「階段から？」

問い返す高梨にその女性は――今まで聞き込みをした中では一番といっていいほどに容姿も整っており身だしなみにも気を遣っているように見えた――ええ、と頷くと、

「なんだ、そのモンタージュじゃないんですか」

と一気に興味を削《そ》がれた様子で高梨に似顔絵を返してきた。

「ほんとびっくりしたよねえ」

「トミーも災難だよねえ。一体誰がやったんだろう」

「ホモの痴情のもつれだったりして」

一緒にいた女の子たちが笑うのに、

「もう、冗談でも言っていいことと悪いことがあるよ」

とその女性は怒ったように彼女たちを睨みつけた。

「あの、『ホモの痴情のもつれ』って……？」

思いもかけず耳に飛び込んできた『ホモ』という単語に、高梨は思わず彼女たちの間に割って入った。ユウジにつながるネタが拾えるのではと思ったのである。

「最近噂になってるんですよう」

二十歳《はたち》そこそこに見える一人の女の子が高梨の問いに答えるのに、先ほどの美女が「やめなさいって」と口を挟みかけたが、一瞬早く高梨が、「噂？」とその子に問いかけると、その若い女の子は頬を紅潮させながら高梨に説明し始めた。

「昨日駅の階段から突き落とされた人、最近社内でホモの噂を立てられちゃってるんです。夜中に隣の課の男の人とキスしてたって」

「『トミー』という方でしたっけ。その方は外国人なんですか？」

「違いますよう、バリバリ日本人です。富岡《とみおか》君。通称トミー」

「その富岡さんの『ホモの噂』というのは、一体どういう……」

「トミーがホモのわけないじゃない」

呆《あき》れたように口を挟んできたのは先ほどの美女だった。

「えー、だって一昨日《おととい》人事で宣言したじゃない。『ホモの何処が悪い』って」

「そうそう、それに聡子《さとこ》に聞いたら本当に見たって言ってたよ。田宮さんと夜中にキスしてたって」

「え？」

いきなり出たその名前に、思わず声を上げてしまったのは高梨だけではなかった。

「田宮？」

納も驚いたように目を見開き、どういうことだと高梨の方に視線を向ける。田宮といっても千人も社員がいる社だ、まさか彼ではあるまい、と無理やり自分を納得させつつ高梨は、二人の刑事が驚きの声を上げたために、唖然《あぜん》として彼らを見返していた女性たちに、

「それで？」

と心持ち引き攣《つ》った笑顔で続きを促した。

「それでって、そういう噂があっただけなんですよう」

ねえ、と顔を見交わす彼女たちに高梨は、

「他にもホモだと噂されるような人、いらっしゃいませんかね？」

と再び似顔絵を差し出し、尋ねようとしたのだったが、そのときには既に彼女たちの間でまさにその『ホモの噂』が繰り広げられていた。

「ホントにキスしてたのぉ？」

「キスだけじゃないって。机の上でヤってたって聞いたよ」

「すごい大胆！　でもトミーならやるかもね」

「あたしは会議室でヤってたって聞いた。警備員さんが見つけて注意したって」

「ああ、それで人事に連絡がいったの？」

「ちょっとそれって違う人の話じゃない？」

きゃーっと黄色い歓声が彼女たちの間で上がるのを呆然《ぼうぜん》と見ていた高梨と納だったが、先ほどの美女が、

「やめなさいよう。警察の人の前で」

と呆れたように仲間を制したのでようやく口を挟むことができるようになった。

「その富岡さんというのはおいくつくらいの方なんです？」

「ええと、三年目だけどトミーって院卒だったよね」

「そうそう、だから二十七歳かな？」

「それじゃその田宮さんという人は……」

まさか、と思いつつも問いかけた高梨が得た答えは、彼にとってあまりに酷《こく》なものだった。

「えーっと、いくつだっけ。トミーより上だよね。主任にはなってたような？」

「そうそう、見えないけど結構いってるって聞いた……二十九だっけ？」

「えーっ！　田宮さんって二十九なの？」

「やだあ、姉さん女房？」

名字も同じ、年齢も同じ――まさか本当に『田宮』はあの『田宮』なのかと瞬時唖然としてしまった高梨の横から、

「あ、あのっ」

驚きからか慌てたためか、ひっくり返ってしまった声で納が彼女たちの会話に割って入った。

「え？」

「そ、その田宮さんというのはもしかして……」

名前を確認しようと納が問いかけようとしたそのとき、

「あ、田宮さんだ」

女の子の一人が社の方を振り返り、大声を出したのにつられて見やったそこには——高梨と納にあまりに馴染《なじ》みのある『田宮』が慌てたように駆けていく姿があった。

「あ、あれが『田宮』さん？」

信じられない、といった口調で納が問いかける横で、先ほどの美女が、

「田宮さーん！」

と田宮に向かって大きな声を出す。名を呼ばれて声の方へと目を向けた田宮の顔に驚愕《きょうがく》の表情が浮かんだ、と思った途端、「良平《りょうへい》！」と叫んだ彼が物凄い勢いで高梨の方へと駆け寄ってきた。

「なに？　どうしたの？」

「ごろちゃん……」

半ば呆然としながらいつもの呼び名で呼んだ高梨に、

「『ごろちゃん？』」

と田宮を呼びとめた美女をはじめ、女の子たちの訝《いぶか》しげな視線が集まった。

「田宮さん、刑事さんと知り合いなんですか？」

俄然《がぜん》興味が湧いてきたらしい美女の好奇心を満足させてやることはない、と高梨は慌てて彼女たちへの聞き込みを強引に切り上げ、状況が全く把握できていない田宮を連れて覆面パトカーにひとまず戻ることにした。

「なに？　事件？」

後部シートで大きな目を見開き、隣に座る高梨と運転席に座る納を代わる代わるに見返す田宮の邪気のない顔は、とてもあの女の子たちの噂の当本人とは思えない。何故にそのような噂が立っているのか、まずはそれを問い質《ただ》したい気持ちをぐっと抑え、高梨は笑顔になると、「実はな」と、田宮の社に聞き込みに来た理由を説明し始めた。

「本当だ、この社章、確かに弊社のだよ」

ビニール袋に入っている社章をまじまじと眺めた田宮は高梨にそれを返しつつそう答えたが、

「でも、社章をつけてる人間って滅多にいないけどね」

ということも教えてくれた。

「ごろちゃんもつけてへんしな」

「うん。役員はつけてるかな、あとは部長クラスでちらほら……ああ、広報とか人事とかの人間もつけてる。マスコミに登場することが多いから」

「役員ね」

ミトモの似顔絵のユウジの年齢はどう上に見積もっても三十代に見えた。一部上場会社の役員の年齢はそれより十歳以上は上だろう。となると広報か人事の人間か、と思いつつ高梨はポケットから似顔絵を取り出し田宮に示した。

「どやろ。その広報か人事に似てる人間いてへんかな」

「うーん」

田宮は大きな瞳で食い入るように似顔絵を見つめ始めた。形のいい眉を寄せ一心に手の中の絵を見つめる姿に見惚《みと》れてしまいながらも、高梨の脳裏には先ほど女子社員が騒いでいた噂話が渦巻いていた。

『田宮さんと夜中にキスしてたって』

『キスだけじゃないって。机の上でヤってたって聞いたよ』

まさか――田宮に限ってありえない、とは勿論思うのだが、それならば何故そのような噂が出たのだ、という疑問も生じてくる。そもそも噂の相手の『トミー』というのは何者なのだろう。このタイミングでホモの噂が立っているのは単なる偶然なのか、それとも――しばし己の思考に身を委《ゆだ》ねてしまっていた高梨は、田宮が何時《いつ》の間にか顔を上げ、自分を見ていることに気づきはっと我に返った。

「どないしたん？」

「うーん、似てるっていえば似てるんだけど」

再び似顔絵に目をやりながら田宮が自信なさげに首を傾げる。

「ごろちゃんに迷惑かけることはせえへんから、教えてくれへんかな」

「いや、迷惑とかじゃないんだけど」

田宮は一瞬どうしようかなとまた似顔絵を見たが、やがて、

「人事部の三条《さんじょう》課長に似てる、ような気がする」

と言うと、はい、と似顔絵を返してきた。

「その人、いくつくらいなん？」

「三十五くらいかな」

「三十五か」

「年齢的にはぴったりだな」

前から納が高梨に声をかけ、二人して頷き合うのを田宮は何事なのだろうと問いたげな目で見つめていたが、捜査内容を詮索《せんさく》するのを遠慮してか自分からは口を開こうとしなかった。

高梨は心の中でそんな田宮の心遣いに感謝しつつ、初めて似顔絵に似ている男として具体的

な名が出たその『三条課長』に対する聞き込みを始めさせてもらうことにした。

「ごろちゃん、その三条課長って人、よう知ってはるの？」

高梨の問いかけに田宮は、首を横に振った。

「それほど詳しくは知らないよ」

「どんな人なんかな。噂とか聞いたことあらへん？」

「いかにもエリートという感じの人だよ。今やウチの会社の人事のあらゆる決定権を握ってるとか、役員も部長を飛ばして三条課長に相談にくるらしいとかいう噂があるけど、俺もそれ、最近聞いたばかりだから、信憑性《しんぴょうせい》のほどはよくわからない」

『最近聞いた』という言葉に微かな引っ掛かりを感じつつ、高梨は更に田宮に質問を重ねた。

「妙なことを聞くようやけどな、この人、ホモゆう噂はないかな？」

「ホモ⁉」

驚いたように目を見開いた田宮は、次の瞬間なんともいえないバツの悪そうな顔をした。自分の噂を思い出してしまったらしい。

「なんでそんなこと聞くんだよ？」

口を尖《とが》らせぶっきらぼうにも聞こえる口調で田宮が問い返してきたのは、その噂を高梨に知られてはいないかと気にしているからだろう。そのことも問い質したいがまずは事件が先だと高梨は気づかぬ風を装い、田宮にその理由を説明し始めた。

「実はこの似顔絵の男、ある事件の被害者の恋人でな」

その被害者が男で、この『恋人』が自分の素性を隠しに隠していたということや、被害者がなんとか探り出したその男が一部上場の商社の管理職だという話を聞き、田宮は「うーん」と首を傾げた。

「少なくともホモという噂は聞いたことないし……実際話した感じでも、そうは見えなかったけど」

「そうか……」

己の素性をあそこまで隠し通そうとしている者であれば、社内で噂になるようなヘマはしないか、と高梨は手の中の似顔絵を再び見やった。人事の三条課長――田宮の口から出た名だからというわけではないが、いかにもエリート然としているというその男にやけに引っ掛かるものを感じる。まずは話を聞きにいってみるか、と高梨が田宮に聞き込みの礼を言おうとしたそのとき、

「あ、あのっ」

いきなり前方から思いつめたような納の声が響いてきて、驚いた高梨と田宮は彼の方へと視線を向けた。

「なに?」

「どないしたん、サメちゃん」

「あのっ」

二人の注目を――というより、田宮の注目を集めたからか、納の顔にはみるみるうちに血が上り、血管が切れそうなほどに真っ赤になってゆく。その様子を唖然と見ていた田宮は、続く納の言葉に更に驚きの声を上げた。

「トミーって一体誰なんですっ」

「え？」

ぎょっとしたように目を見開いた田宮に、納はますます顔を赤くしながら、

「本当に夜中、席でキスしたり、机や会議室でヤッて……」

とここまで言ったところで、う、と籠《こ》もったような声を出した。

「なんだよそれ……って、納さん⁇」

納に言われた内容に憤《いきどお》りかけた田宮が驚いて息を呑む。

「サメちゃん？」

高梨や田宮が驚くのも無理はない。くぐもった声を上げたまま顔の下半分を右手で覆った納の、その指の間から真っ赤な鮮血が流れ出してきたのである。

「だ、大丈夫か？」

田宮が慌ててポケットを探り、ハンカチを差し出してやると、また納は「う」とくぐもったような声を出し、くるりと前を向いてしまった。

「納さん?」

「ああ、ごろちゃんは近寄らんほうがええわ」

一体何を想像したんだか、と高梨は苦笑して身を乗り出し、納の肩を「大丈夫か?」と叩いてやりながら、田宮が渡そうとしたハンカチを手渡してやった。

「す、すまん」

「気にせんとき」

背中を丸め、恐ろしいほどの出血量となった鼻血の後始末をしている納の肩をもう一度ぽん、と高梨は叩くと、田宮のほうを向き直った。

「大丈夫か?」

なおも心配そうに納を見やる彼に高梨は、

「あんな、ごろちゃん」

と、いよいよ先ほどから気になって仕方のない『ホモの噂』について言及することにした。田宮もそれがわかったのか、困ったとしか言いようのない顔をしてみせたあと、

「なに?」

と高梨を真っ直ぐに見返してきた。

「トミーって誰?」

ストレートな問いかけに、田宮は一瞬、う、と言葉に詰まりかけたが、それもまた不自然

かと思ったのか、

「後輩」

と何故そんなことを聞くのだと尋ねもせず、ストレートに答えてきた。

「なんでごろちゃんと『ホモ』の噂になっとるの？」

「…………」

更にストレートな高梨の問いに、田宮は一瞬言葉を探すようにして黙り込んだが、高梨がじっと視線を外さずにいるとやがて、

「嘘だから」

ぼそりと小さな声で答えた。

「そんなん、当たり前やないか」

「え？」

あほらし、と笑う高梨に、田宮が戸惑った声を上げる。

「本気にするわけないやろ」

「良平……」

田宮が大きな瞳を真っ直ぐに高梨へと向けてきた、その男にしては華奢な肩を高梨が抱き寄せようとすると、

「う」

再び納がくぐもったような声を出し、更に背中を丸めてしまった。

「あかん。サメちゃんには目の毒や」

その姿を前に、高梨と田宮は思わず顔を見合わせ、笑ってしまったのだった。


「そういやごろちゃん、なんや急いどったんちゃうの?」

「あ!」

和みかけた車内で高梨がそう問いかけると、田宮はしまった、と大声を出した。

「どないしたん?」

「いや、その富岡が……」

田宮が社を飛び出したのは、富岡が昨夜、駅の階段から突き落とされて入院していることがわかったからだった。ニュースソースはやはり、といおうか人事の西村《にしむら》である。なんでも人事部長宛に警察から電話があったそうで、いつものごとく漏れ聞いた西村は、何を思ったか直接田宮に電話でそれを伝えてきたのだった。

話を聞いた田宮は慌てて富岡の携帯に電話をしてみたが、病院内にいるために当然のことながら繋がらなかった。西村の話では彼が突き落とされたのは東高円寺駅、自分と別れた直後だったらしい。それだけにどうにも気になってしまい、田宮は午後の外出の予定をキャンセルし、富岡が入院しているという新宿の中央総合病院に様子を見に行くことにしたのだった。

「そしたら僕らが送ったるわ」

田宮の話を聞いた高梨は覆面パトカーを発車させた。

「いいよ」

「ええて」

慌てて固辞する田宮に構わず、車は新宿に向かって走り続ける。

「しかし、そもそもなんでその富岡君とごろちゃんは東高円寺駅でなんか会うとったん？」

しばらくして高梨が何気なく聞いてきたのに、田宮は自分への嫌がらせについて話すかどうか一瞬迷ったが——高梨にいらぬ心配をさせまいと思ってしまったためである——話さずに済ますことはできないと諦《あきら》め、「実は」と富岡とホモの噂を立てられたあと、自分宛と人事部長宛に嫌がらせのメールと手紙が来たことを話し始めた。

「なんでそれを早く言わんのや」

途端に高梨は田宮を責める口調になった。

「ごめん……」

「『ごめん』やないよ。そんな目に遭うとること、ひとこと言《ゆ》うてくれてもええやないか」

「いや、ただの悪戯《いたずら》だと思ってたし、それに……」

他の男と噂になっていることなど、知られたくなかったのだ、という田宮の気持ちを察してか、高梨は抑えたような溜息をついたあと、

「ごろちゃんが僕に気を遣ってくれとるゆうんはわかるけどな、でも言うてもらわれへんこの方が、よっぽど僕にとっては辛《つら》い。それもわかってな?」

静かな口調で告げ、な、と田宮の顔を覗き込みにっこりと微笑《ほほえ》んでみせた。

「良平……」

田宮がそんな高梨を前に、益々《ますます》申し訳なさそうな顔になる。

「ごめんな」

「ええて」

高梨が更に田宮に顔を近づけ、額を合わせるようにしてその顔を覗き込む。と、そのとき運転席から納の咳払《せきばら》いが聞こえ、二人の世界を築きつつあった田宮がまず我に返った。

「……それで昨夜、三条課長に今後の対応について相談したいと呼び出されたんだけど……」

とってつけたようにまた昨夜の話をし始めた田宮の様子に、高梨は思わず笑ってしまいながらも、彼の話に注意深く耳を傾けた。

「富岡は何を勘違いしたのか三条課長が俺にちょっかいかけようとしていると思い込んでい

たらしくていきなり乱入してきたんだ。それでわけがわからないうちにタクシーで一緒に家の近所まで帰ってきたんだけど……」

「そしたら三条課長にも一応ホモの噂はあったたっちゅうことやね？」

「え？」

高梨の言葉に田宮は一瞬驚いたように目を見開いたが、やがて、「うーん、でもあれはなあ」と、同意しかねるというように顔を顰《しか》めた。

「あれは？」

「単に富岡の勘違いというか思い込みじゃないかと俺は思うんだけど。さっきも言ったけど、そんな噂は聞いたことないし」

「ふうん」

さよか、と相槌《あいづち》を打った高梨に、田宮はそのあとのことを――駅前で少し立ち話をしたあと、それぞれに帰った、ということを簡単に説明すると、

「一体何がどうなっちゃってるのか、俺にもよくわからないんだ」

とまたも端整な眉を顰めてみせた。

「……せやね」

ホモ騒動に嫌がらせ、その上騒動の相手となった後輩の事件――それらに必然的繋がりはあるのか、あるといえばあるような気もするし、偶然だといえば偶然のような気もする。何

よりこれが、高梨たちが追っている事件と関係はあるのかないのか――多分ないのだろうとは思うのだが、田宮がかかわっているからか、高梨は『関係ない』と断定するのに二の足を踏んでしまっていた。

勿論単なる偶然であってほしい、二度と田宮を危険な目には遭わせたくないと思うのだけれど、高梨には年齢的にもちょうどよく、顔立ちもあのモンタージュに似ていなくもない、という人事の三条課長への興味が俄然《がぜん》湧いてきていた。

「あ、もうここでいいから」

目の前に富岡が入院している病院の建物が見えてきた。田宮が最後の遠慮を見せ、運転席に身を乗り出して車を停めてもらおうとするのを、「ええて」と高梨が傍らから彼の腕を引いて制した。

「でも」

「いや、僕も『お見舞い』に付き合わせてほしい思うてな」

「え？」

高梨の言葉を聞いた田宮が驚きに目を見開く。

「ちょこっと富岡君にも話を聞かせてもらいたいんよ。あかんかな」

「あかんことはないけど……」

田宮が複雑な顔をしているのには、理由があるに違いない。あまりにも簡単に予測のつく

その『理由』に内心苦笑しつつ高梨は、

「ほな、いこか」

と彼ににっこりと笑いかけ、運転席の納に「頼むわ」と頭を下げた。

「もしかして富岡君て、前にごろちゃんがワイシャツ汚したゆうて持って帰ってきた子やないか？」

駐車場に車を停め、三人して病棟へと向かうその道すがら、なんでもないことのように高梨が田宮にそう問いかけた。

「え？」

「いや、なんでもないわ」

一瞬なんのことかわからず眉を顰めた田宮に高梨はまた笑顔を向けると、更にわけのわからないといった顔をした納を振り返り「いこか」と足を速めた。

富岡は救急から既に一般病棟に移っていた。ちょうど昼食が終わった頃らしく、食べ物臭が溢れる廊下を通り抜けて教えられた病室に向かい、六人部屋の入り口で彼の名を確認してから中に入る。

「あれ、どうしたの？」

探すより前に、一番手前のベッドにいた富岡が田宮に声をかけてきた。

「『どうしたの』じゃないよ。お前こそどうしたんだよ？」

思いの外《ほか》元気そうな姿にほっとしつつ田宮が富岡のベッドへと近づくと、

「本当に酷い目に遭いましたよ」

富岡は田宮に肩を竦《すく》めてみせながら、後ろに続いている高梨と納に興味深そうな視線を向けてきた。

「足、折れてるって？」

ベッドに立てかけられた松葉杖を見て田宮が心配そうに問いかけるのに、

「右がね」

と富岡はギプスを嵌めた足を示した。

「足は単なる骨折でたいしたことないんだけど、落ちたとき頭打っちゃったもんだから、CTとったり色々検査があるみたい」

「そうか……」

更に心配そうに眉を顰めた田宮に、富岡は安心させるように、「大丈夫ですよ」と笑ったあと、

「そちらは？」

と、わざとらしいほどに落ち着いた声を出し、真っ直ぐに高梨へと視線を向けた。

「えーと、警察の……」

慌てて紹介に労を執ろうとした田宮の肩をぽん、と叩き、高梨は一歩富岡のベッドへと踏

み出した。

「はじめまして。高梨良平です」

「……どうも。富岡雅巳《まさみ》です」

示した手帳の写真をちらと見たあと、見惚れるような微笑を向けてくる高梨に富岡もにっこりと微笑を返す。二人の間に漂うなんともいえない緊張感に、田宮も、そして何故か納までも緊張し、ごく、と唾を飲み込んでしまった。

「お噂はいつも伺ってます。『良平』さんですよね」

「噂なんてしてないだろ」

先制のジャブ、とばかりに富岡が言い出した言葉を慌てて田宮が訂正する。

「なんやごろちゃん、会社でも惚気《のろけ》てくれはってるの？」

「惚気るわけないだろっ」

受けて立とうと高梨がわざと気安く話しかけ肩まで抱こうとしてくる手を振り解《ほど》き、内心頭を抱えてしまっていた田宮はこの会談が一刻も早く終わってくれることを祈らずにはいられなかった。

「ところで、昨夜は大変な目に遭われたそうで」

田宮の心情を察してくれたわけではないだろうが、高梨はすぐに仕事の顔を取り戻すと富岡に話を聞き始めた。

「ええ」

また折れた足の痛みがぶり返してきたのか富岡は眉を顰めて頷くと、

「先ほど警察から話を聞かれたんですが、あれは誰かがぶつかった、というんじゃない、故意に自分を突き落としたと断言できます。二度、同じ手が背中を突いてきましたし、目撃者もいるようですので」

と、冷静かつわかりやすく高梨の問いに答えた。

「あなたご自身はその人物の姿を見ていない、と」

「ええ、腕時計に気を取られていたところを突然後ろから押されたので、振り返る暇がありませんでした」

「それが誰かという心当たりはありませんかね？」

「それも先ほど警察に聞かれたんですが、全くないですね。それより気になるのは」

富岡はここで視線を、高梨の後ろで所在なく佇《たたず》んでいた田宮へと移した。

「田宮さんのことです」

「へ？」

いきなり名を出された上に皆の注目が集まり、田宮は戸惑いの声を上げた。

「僕が突き落とされたことと、このところの田宮さんへの嫌がらせは無関係とは思えない。今度は田宮さんに危害が及ぶんじゃないかとそれが心配で……」

「そんな、大丈夫だよ」

「大丈夫やないて」

「大丈夫じゃないですよ」

安心させようと笑って答えた田宮の声に高梨と富岡の声が被《かぶ》さり、場は一瞬しん、となった。再びなんともいえない緊張感が漂い始めた空気を和ませようと、田宮は、

「嫌がらせされたっていっても実害があったわけじゃないし」

と言いかけたのだったが、

「実害があってからじゃ遅いんですよ」

「充分『実害』やないか」

と再び同時に富岡と高梨から突っ込まれてしまい、またも場は先ほどより濃い緊張感に包まれた。

「……気が合いますな」

「本当に」

にっこりと笑い合う高梨と富岡の目は少しも笑っていない。

「あの……」

「高梨さんはお忙しそうですからね、田宮さんのことは僕が責任持ってお守りしたいと思ってます」

「そない怪我《けが》してはるんです、どうぞ無理なさらんと」

「いえいえ、このくらい、明日にはもう退院ですから。何せ一日のうち最も長い時間を拘束されてる会社が田宮さんと僕は一緒ですので」

「いやいや、それ言うたら僕かてごろちゃんとは……」

「いい加減にしろって」

いつまで続くかわからない、富岡と高梨の『せめぎ合い』としか思えない会話を田宮の怒声が遮った。

「守る守るって、自分の身くらい自分で守るよ。男なんだから」

「いくら男でも、富岡君かてこないな目に遭うとるんやで？」

「あ、それすごい感じ悪いな」

すかさず反論してきた高梨に速攻で富岡が突っ込んでくる。

「ともあれ、田宮さん、ほんっとーに気をつけてくださいよ？　嫌がらせだけじゃない、人事の三条がまたコナかけてくるかもしれないけど、ちゃんと断ってくださいね？」

「コナってなんだよ。馬鹿じゃないか」

「馬鹿じゃないですよ。絶対あいつ、ホモだって」

「いい加減なこと言うなよ」

「いや、絶対ホモです。目を見りゃわかります。ホモに決まってますよ。嘘だと思うんなら西村に聞いてみてください。三条ホモ説は彼女から聞いたんですから」

ただでさえ面会時間外でしんとしている病室で、先ほどから大騒ぎしている上に富岡が「ホモホモ」と連呼するものだから、室内の入院患者たちが身を乗り出すようにして彼らの会話に注目し始めてしまっていた。

「もうやめろって」

周囲の視線に居たたまれないものを感じ、田宮が小さな声で富岡を制しようとする。

「その三条さんなんですが、本当にホモになんでしょうか？」

「良平までなんだよ」

呆れた声を上げた田宮は、高梨の真剣な顔を見て、あ、と小さく声を上げた。彼が捜査している事件のことを思い出したからだ。

「……『本当に』と聞かれてしまうと証拠は何もありませんが……」

富岡にも高梨の真剣さが伝わったのか、先ほどとは打って変わった真面目《まじめ》な口調でそう答え、何故そんなことを聞くのかというように高梨と田宮を代わる代わるに見た。

「そうですか」

頷いた高梨はポケットから例の似顔絵を出し、富岡に示してみせた。

「これは？」

「どうです？　三条さんという方に似てますか？」

富岡はしばらくじっと似顔絵を見ていたが、やがて顔を上げると、

「似ている、と思います。先入観ナシに見せられたらわからない、と答えたかもしれないけれど」

と、正直に思ったままなのだろう、そう言って似顔絵を返した。

「ありがとうございました」

高梨は一瞬何か言いかけたがすぐに笑顔になると頭を下げ、

「サメちゃんからは何かあるか？」

と後ろに佇んでいた納に声をかけた。自分の聞きたいことは聞いたということらしい。

「……ああ」

大量の鼻血を噴いたあとだったからか、いつもより格段に元気のない新宿サメは高梨の言葉に頷き、ベッドに座る富岡に視線を向けた。視線に気づいた富岡も納を真っ直ぐに見返してくる。

「……一つ聞きたいのはな」

ぼりぼりと頭を掻きながらいつにない消極的な態度で納がぼそりと口を開く。

「はい？」

「あんた、なんでごろちゃんとホモの噂が立ったんだ？」

「サメちゃん」

「納さんっ？」

まるで『事件』と関係のない納の問いに、高梨と田宮が驚いたような声を上げた。

「なんでって……」

聞かれた本人の富岡も当惑したように口籠《くちご》もってしまっている。

「本当に夜中にキスしたり、それに机で……」

「するわけないだろ！」

「サメちゃん、また鼻血噴くで？」

慌てて横から田宮と高梨が納を制すると、「それじゃ、また」とそのまま彼を病室の外へと引きずり出そうとした。

「田宮さん！」

「なに？」

富岡の呼びかけに思わず三人して彼の方を振り返る。と、富岡はあとの二人を完全に無視するかのように、わざとらしくにっこりと微笑むと田宮にこう告げた。

「来てくれて嬉しかった。ありがとう」

「いやいや、どういたしまして」

にっこり笑って答えたのは高梨だった。またも高梨と富岡二人の間でバチバチと音が出るほどに激しく視線がぶつかり合う。

「…………」

この先が思いやられる——思いもかけずこの二人の対面を目《ま》の当たりすることになった田宮の口から深い深い溜息が漏れていた。

「ほな、いこか」

わざとらしいくらい力強く己の肩を抱いてくる高梨と、

「それじゃ田宮さん、また明日。『会社』で！」

と、やはりわざとらしく声をかけてくる富岡を代わる代わるに眺め、再び田宮は今後を憂い深く溜息をついてしまったのだった。

6

「会社まで送るわ」

病室をあとにし、肩を並べて廊下を歩きながら高梨が田宮にそう声をかけてきた。

「いいよ、そんな」

悪いし、と遠慮する田宮に、

「いや、ちょっと人事の三条課長に話を聞きたい思うてな」

と、高梨は笑い、「え」と虚を衝かれたような顔をした田宮ににっこりと微笑みかけた。

「あれが『トミー』か」

「………」

社へと引き返す車の中で、ぼそりと高梨が呟《つぶや》く声に、田宮がちらと顔を上げる。

「押しの強そうな男やけど、人に恨《うら》みを買うようには見えへんな」

富岡が階段から突き落とされたことを言っているのだろうと田宮は察し「うん」と頷くと、

「確かに生意気だし、強引に仕事進めるところもあるんだけど、不思議と人好きがするっていうか、あまり嫌われることがないんだ。社内でも取引先でも、そんな、富岡を階段から突き落としてやろうと思うくらい嫌ってる人はいないと思うんだけど」

と富岡を評した。

「……人好きね」

高梨の口から漏れた呟きに、田宮はまたちらと彼の顔を見上げる。

「社内外に、だよ」

「わかってるて」

かんにん、と高梨は苦笑すると口を閉ざし、それから田宮の社に着くまで一人車窓の外を眺めていた。

途中、社員たちの聞き込みをしていた捜査員に電話を入れた高梨は、これまでの彼らの捜査が徒労に終わりつつあることを知った。何人か『似ている』という人物は出てきたらしいが、まだ話を聞きに行くには至っていないという。

「ありがとう。がんばってな」

礼と激励をくれた田宮を社の前で降ろしたあと、高梨と納は一旦車を駐車する場所を探しに路上に出た。

「どうするかね」

「当たって砕けろ、やないか」

ようやく落ち着いてきたらしい納と高梨は顔を見合わせ頷き合うと、ビルに入り受付嬢に手帳を見せて、人事部の三条課長に会いたいと告げた。驚いた受付嬢が至急電話をかけたところ三条は在席しており、すぐにロビーまで降りてくるそうである。

「『ユウジ』だろうか」

「どやろ……わからんけどな」

高梨はこっそりとロビーの椅子《いす》で雑談に興じている風の男に目配せした。捜査員の一人で、三条の写真を撮るべくスタンバイしているのである。

「あ、あれじゃないか」

エレベーターが開き、中から長身の男が降りてきた。ミトモの描いた似顔絵と似ているような似ていないようなその男——確かに田宮の言うとおり、『いかにもエリート然』としている彼は、受付に佇む高梨と納に向かい軽く会釈をしてきた。

「人事の三条ですが」

「はじめまして。警視庁捜査一課の高梨です」

「新宿署の納です」

二人して手帳を開いて示したあと、高梨が「少しお話を伺いたいのですが」とロビーの椅子を示し、彼らは打ち合わせブースに向かい合わせに座った。

「話、というのは?」

「まずはこの写真をご覧いただきたいのですが」

納がポケットから取り出したのは、生前の牧村——早稲田のアパートで殺されていた彼の写真だった。

「これは？」

高梨は注意深く三条の表情の変化に注目する。が、ちらと写真を眺めた三条は、淡白とも思えるリアクションを見せ、写真を納に返してきた。

「ご存じありませんか？」

「ええ。誰なんです？」

「実は」

納は返された写真をポケットに仕舞うと、また一枚、入れ違いに取り出した写真を三条に見せた。牧村の殺害現場で鑑識が撮った彼の遺体の写真である。

「………」

三条はそれを見ても眉一つ動かさなかった。再び「これは？」と同じように尋ねてきた彼の表情には少しの動揺も見られない。

「先ほどと同じ人物です。やはりご存じないですか？」

「ええ。少しも知らない男ですが、一体この人が何か？」

端整な眉を顰め、高梨と納を代わる代わるに見返してくる三条に、今度は高梨が、

「この方は牧村剛司《つよし》さんという方でしてね、彼と交友関係のあった人物を我々は捜している

んですが」

と、内ポケットから例の似顔絵を出した。

「御社の社員でいらっしゃることと、この似顔絵しか手掛かりがありませんでね、社員の皆さんにお話をお聞きしたところ、この似顔絵が三条さん、あなたに少し似ているとおっしゃった方がいらしたもので、それでお話を伺わせていただいているというわけなんですよ」

「私に似ている？」

三条の眉間《みけん》の皺《しわ》が深まった。心外だと言いたいのだろう。

「……似ているとは自分では思いませんが、少なくとも私はその……牧村さん、でしたっけ？　その方とは面識がない。別人ですね」

やや憮然とした口調で三条はそう言うと、「よろしいでしょうか？」と立ち上がりかけた。

「大変失礼致しました」

高梨も納も非常に恐縮しているという風を装い頭を下げると、

「失礼ついでに、この似顔絵に似ている社員の方、どなたかお心当たりがあったら教えていただきたいのですが」

と三条の顔を覗き込んだ。

「……警察が捜しているということは、この似顔絵の男は事件の容疑者なのですか？」

すっかり立ち上がった三条が高梨を真っ直ぐに見据《みす》えて逆に問い返してきた。

「いえ、そういうわけではありません。被害者と交友関係のあった人物で唯一素性がわからない、というだけにすぎません」

「素性がわからないのであれば、何故当社の社員であると言えるのです?」

三条の口調に揶揄《やゆ》するような響きが籠もる。

「牧村さんの部屋から社章が出てきましてね、それがこちらのものだったので」

「社章が?」

ここで初めて三条は少し意外そうな顔になった。

「ええ、ベッドの下に落ちていました。これなんですが」

高梨はポケットからビニール袋に入った社章を取り出し、三条に示した。

「確かに当社のものですね」

三条は高梨の手の中にある社章をしげしげと眺めたあと、「だが」と顔を上げた。

「これがその似顔絵の人物のものだという証拠はあるのでしょうか?」

「証拠?」

意外な切り返しに高梨が息を呑んだのに乗じ、三条は一気に言いたいことを言い切った。

「警察の捜査に協力を惜しむつもりはありませんが、社章ひとつで殺人事件の被害者と関係がある人物を当社社員と決め付けられるのは甚《はなは》だ迷惑です。いらぬ動揺を社員に与えたくはありませんので、今後は当社社員へのコンタクトは遠慮していただきたい」

「お気持ちはわかりますが、人ひとり死んでいるのです。ご協力をお願いしたいのですけれどね」

「人ひとり死んでるだけに、対応には細心の注意を払っていただきたい、と申し上げているのです」

声は低かったが、三条の言い方には容赦がなかった。それ以上何も言わせぬという気迫が感じられる対応に、高梨と納は二人ちらと顔を見合わせると、

「お時間とらせてしまって申し訳ありませんでしたな」

と笑顔になり、立ち上がった。

「いえ。お役に立てませんで」

今までの厳しい表情を解き、三条も笑顔になったが眼差《まなざ》しは厳しいままである。

「ところであの社章がどなたのものかを特定することはできないのでしょうか」

エントランスに向かう三条のあとに続いた高梨が思い出したようにそう問いかけると、

「入社式で全社員に同じものが配られますので、それは無理ですね」

三条は考える素振《そぶ》りもみせずあっさりそう答え、残念ですが、と決して思ってもいないであろう社交辞令を口にした。

「それでは」

自動ドアの前まで高梨たちを見送りに来た三条が作ったような笑顔で頭を下げてくる。仕

方がない、出直そうと納が高梨に目で合図し、そのまま二人して踵《きびす》を返そうとしたのだったが、

「ああ、そういえば」

ドアを出る直前、高梨はまたくるりと三条の方を振り返った。

「はい？」

「昨夜おたくの社員が駅の階段から突き落とされたそうですね」

「ああ」

何事か、と身構えたらしい三条は高梨の言葉にあからさまに、なんだ、という顔になった。

「何かトラブルでもあったのでしょうか」

「さあ。社員一人一人のことを人事が把握しているわけでもありませんし。それに」

三条はここで外国人のように肩を竦めてみせた。

「あの富岡君というのはなかなかエキセントリックな性格でしてね、会社とは関係ないところで人に恨みでも買っていたのかもしれませんせん」

「……そうですか」

高梨と納はまたちらと顔を見合わせたが、すぐに二人して笑顔になると「どうもありがとうございました」と頭を下げ、肩を並べてエントランスを出た。

「……どうだ、高梨」

「……サメちゃんは?」

「におうな。だいたい死体の写真見て眉一つ動かさねえってところからして不自然だ」

二人して頷き合ったあと、覆面パトカーで写真を任せた刑事を待った。

「いっそのことミトモに面通しさせるか。その方が早いだろ」

「せやね。ただ……」

高梨が形のいい眉を顰め、うーんと唸《うな》る。

「たとえ三条イコール『ユウジ』であったとしても、今のところユウジは牧村殺しの容疑者やない。話を聞くにしても任意やろうし、何より『違う』言われてしもたらおしまいやね」

「そうなんだよな」

納も苦々しい表情で高梨に頷き返すと、「しかし、なんか引っ掛かるよなあ」と肩越しに今出てきたばかりのビルを振り返った。

「……引っ掛かるといえば、僕も妙に引っ掛かるものがあるんやけど」

「なんだ?」

「……サメちゃん、ちょっと付き合うてくれへんか?」

「ああ?」

何処へ、と問い返した納に高梨は意外な場所を告げた。

「東高円寺駅」

「東高円寺……って、ああ」

昨夜富岡が階段から突き落とされた場所である。一体何故今、そんな場所に行こうとしているのかと問い返した納に高梨は、

「なんや引っ掛かるんや」

無駄足になったらすまんな、と少し照れたように笑ってみせた。

「…………」

今まで高梨と共にあたった捜査で、納は高梨が持つ『刑事の勘』が鮮やかに発揮される場面に何度も遭遇したことがあった。行き詰まる捜査に一筋の光明を与えるがごとき彼の『刑事の勘』がまたも命中するのだろうか、と一種独特の昂揚が湧き起こるのを感じつつ、「行こか」と己を誘う高梨に納は深く頷き、あとに続いたのだった。


昨夜の事故を駅員はよく覚えていたが、果たしてそれが本当に人に突き落とされたものなのか、自ら足を滑らせたものなのかという話になると「わからない」と首を横に振った。

「落ちた本人は気を失ってしまったし、目撃者っていうんですか？　突き落としたところをはっきり見た人間は一人くらいしかいなかったんですよ」

「その方のお名前とご連絡先、わかりますか？」

「警察が事情を聞いていたようですよ」

通報者がいたのか、救急車と共にパトカーが到着し、数名事情聴取を受けたのだという。

高梨と納は杉並《すぎなみ》警察署に向かい目撃者の住所氏名を聞きだすと、今度はその足で目撃者たちの家へと向かった。

「昨日の事故？」

調書ではっきりと『突き落として逃げる男を見た』と述べていたのはまだ十六歳の女子高生だった。高梨と納の警察手帳を前に「なんかドラマみたーい」とひとしきり騒いだあと、ようやく昨夜の目撃談へと誘導することができた。

「あのリーマン、流れに逆らって階段下りてくるんで邪魔だなってちょうど見てたときに、どんって突き落とされたんだよ」

「突き落とした相手、見ましたか？」

「うん。ちらっとだけど。そっちもリーマンだったよ」

「顔も？　見ました？」

高梨はポケットから数枚の写真を取り出した。牧村のもの、神崎のもの、そして先ほど撮らせた三条の写真を女子高生の前に示し、「この中にいます？」と彼女の顔を覗き込んだ。

「うん」

三人とも偶然ではあったがスーツを着ていたためにどの写真も『サラリーマン』のものであるにもかかわらず、女子高生は少しも迷うことなく一枚の写真を指差した。

「この人」

「高梨！」

今まで成り行きを見守っていた納が驚いて声を上げる。

「こんなにあっという間に犯人ってわかっちゃうもんなの？　すごいね」

さすが警視庁だね、と屈託なく笑う女子高生が示した写真は——三条のものだった。

「おおきに、お手柄や」

女子高生に礼を言って辞したあと、念の為別の目撃者にも当たってみよう、と言う高梨に、納は心から感心したような声を上げた。

「しかし高梨、よく思いついたな」

「うーん、半分は賭けやったんやけどな」

高梨は照れたように笑うと、

「冷静沈着、会社の不利益になるようなことは絶対言わへんゆう感じやったのに、富岡君のことが話題になったときだけなんや妙に人間くさくなったやないか。あからさまに富岡君を嫌っとるのがわかるような彼の悪口を言う姿と、それまで計算し尽したようなコメント言うとった姿にえらいギャップがあるような気がしてな」

と自身の『勘』の出所を説明してみせた。

「しかし普通は思いつかんぜ」

「ゆうか、普通やったら階段から突き落とすっちゅうエキセントリックな行動はとらんもんや」

「普通ならな」

「『普通』やなかったら——何しでかすか、わからんな」

高梨と納はここで二人、目を見交わし深く頷き合った。

「ミトモを呼び出してすぐ面通しさせるわ」

「僕は富岡君の事故の目撃者を当たるわ。本部に連絡して三条の周辺を洗わせよう」

「早稲田のアパート周辺もな。事件当夜の三条の目撃情報でも取れればしめたもんだ」

よし、と二人は再び頷き合うと、それぞれの目的地に向かって勢いよく駆け出していった。

「よっしゃ」

事件解決の糸口を手繰《たぐ》りつつあるという感触が呼び起こす昂揚感を、身体の内に感じていた高梨だったが、そんな彼の脳裏に、会話の途中田宮が何気なく告げた言葉が甦《よみがえ》った。

『富岡は何を勘違いしたのか三条課長が俺にちょっかいかけようとしていると思い込んでいたらしくていきなり乱入してきたんだ』

そういえば病室でも富岡は田宮に『三条には気をつけろ』としつこいくらいに言っていた

のだった――高梨の歩調が思考に遮られ次第に緩くなってゆく。

何か大変なことを見落としているのではないか――？

なんともいえない嫌な予感が高梨を襲う。そもそも田宮と富岡は何故噂になどなったのか。偶然なのか必然なのか、それすら確認しなかった自分の詰めの甘さが情けない。

もう一度事情を詳しく聞いてみるか、と高梨は携帯電話を取り出したが、田宮は移動中であるのか留守番電話に切り替わってしまったので、電話が欲しいとメッセージを残し電話を切った。

「………」

説明のできない不安が一瞬高梨の心に立ち上ったが、ちょうどそのとき握り締めていた携帯電話が着信に震え、高梨は我に返った。

「はい」

『ああ、俺だ、新宿サメから連絡あったぞ。ご苦労だったな』

捜査一課長の金岡《かなおか》からだった。声が弾んでいるところをみると、何か捜査上大きな進展でもあったらしい。

「なんぞ出ましたか？」

『はは、さすがに勘がいい』

上機嫌な課長が教えてくれたそのネタは高梨をますます昂揚させるに充分だった。

『任意で引っ張るのも手かもしれん。すぐ帰ってこい。ソッチの聞き込みは山田《やまだ》に行かせよう』

「わかりました」

短く答えて電話を切った高梨は、気持ちを落ち着かせるために小さく息を吐き出した。いかに敵を——犯人を追い詰めていくか、それを考えていかねばならない。

「待ってろ、三条」

はっきりと見えてきたターゲットの名を己を鼓舞させるべく呟くと、高梨は車道へと駆け出してちょうどやってきた空車のタクシーに手を挙げた。

警察がきた警察がきた警察がきた

既に彼の死体は発見されていたということなのか。今か今かとメディアを眺めていた自分が阿呆《あほう》に思えてくる。

いつあの死体は発見されたというのだろう。昨日か一昨日か——それにしてもまさかなんの前触れもなく、警察が真っ直ぐ私のところにやってくるとは驚きだった。

名前も勤め先も年齢も出身地も——一つとして真実を告げたことはなかった。今まで誰一人として私の名すら突き止めることができなかったというのに、警察はこんなにも短期間のうちに仮初《かりそめ》の名から私へとなんの迷いもなく辿り着いている。

だが——たとえ辿り着いたとしても、証拠は何もない。彼の部屋には髪の毛一本たりとて落としていない自信がある。あの夜、私は私があの部屋を訪れたという証拠のすべてを払拭《ふっしょく》しようと一晩を費やして大掃除をしたのだった。私を私と特定できるものはすべて拭《ぬぐ》い去り持ち帰ることができたはずだった。指紋も体毛も、彼が興信所に調べさせた私の写真もデータも――何もかも完璧に持ち帰ることができたと思っていたのに。
社章――何処でなくしたのか全くわからなかったあの社章が彼の部屋にあったとは。
この世には『完璧』という事象はありえないのだと誰かが私に教えようとでもしているのだろうか。
よりにもよってこのタイミングで教えることはないだろうに――その上私は教えられるまでもなく知り抜いているのである。
しかしあの社章にしても、私のものだという証拠は何一つないはずだ。安心していい、と私を慰める声と、破綻《はたん》が近いと私を追い詰める声が私の中でせめぎ合いを続けている。
カリカリと頭の中でまた何者かが辺りを引っ掻き回す音がする。
何をせよと求めているのだ――私の頭にあの青年の可憐な笑顔が浮かぶ。
邪魔者はもういない――今、私がすべきことは一つ。
今のうちだ――行動を起こすのは今なのだと、頭の中で誰かが私に叫んでいる。
今を逃すと――『今』の過ぎ去ったあとには一体何があるというのだろう。
少なくともそれは私にとっては、あまり有難くない『何か』に違いないだろう。

7

日中富岡の見舞いに行っている間、運の悪いことに取引先から納期の件でクレームの電話が入りまくっていたそうで、帰社してから田宮はその対応におおわらわとなってしまった。事情を聞き課長と共に謝罪に行ったあとは、その課長の叱責《しっせき》に遭い――といっても完全にメーカーのミスで田宮に不備は少しもなかったのであるが――やれやれ、と席で落ち着くことができたのは終業時間間際の五時半だった。

また今夜も深夜残業かと思いつつメールを開いた田宮は思わず息を呑んだ。百件を超える新着メールが来ていることがわかったからである。件名のないその外部からのメールは、発信人はそれぞれに違ったが、上から順番に開いてみると内容は全く同じ、あの見慣れた文だった。

『ホモはでていけホモはでていけホモはでていけホモはでていけ……』

田宮の腋《わき》の下に冷たい汗が流れる。『実害がないから大丈夫』と富岡の――そして高梨の前ではそう言ったものの、確かに直接危害を加えられるというわけではないが、あまりに気味が悪すぎた。一体この人物は何を思って自分にこんな嫌がらせをしかけてきているというのだろう。呆然と画面を見ている間にもメールは次々に届いた。たまらず田宮がメールを閉じ、どうしたらいいんだと溜息をついたそのとき、机の上の電話が鳴った。

「はい、国内営業一課です」

『人事の三条です。田宮さん？』

容姿そのままの『美声』としか言いようのない声が受話器越しに響いてきて、嫌がらせの主からではないかと身構えていた田宮は安堵のあまり、大きく溜息をついてしまった。

『どうしたのです？　何かありましたか？』

「ええ、ちょっと……」

田宮は今現在、嫌がらせのメールが物凄い勢いで届き続けていることを早速三条に告げたのだったが、三条は大して驚いた反応をみせなかった。それどころか、『実は』と人事部長宛にもまた数通の投書が届いたことを教えられ、田宮の気を益々滅入《めい》らせてくれたのだった。

「そうですか……」

『我々はどうやら事態を甘くみすぎていたようです。本日顧問弁護士の先生と三人で今後の対応策を練りたいと思うのですが、ご都合はいかがですか？』

「え？」

予測していなかった三条の申し出に田宮は一瞬躊躇《ちゅうちょ》したが、弁護士の予定を押さえたと言われては都合が悪いとは言えなくなった。

「わかりました。お伺いします」

『それでは昨日の店で七時に。私は寄るところがありますので店に直行していただきたいのですが』

また会食なのか、と田宮は思ったが、弁護士に気を遣ったのかもしれないと納得し、「わかりました。昨日の店ですね」と言って電話を切った。堆《うずたか》く積まれた仕事の山を目の前に、田宮は大きく溜息をつくと、恐る恐る閉じたメールを開いてみた。

「…………」

『新着百八十五件』――嫌がらせのメールは相変わらず届き続けていて、合間に挟まる仕事のメールを探すのが困難になりつつある。

一体何処の誰がこんなことをしているのか――気味は悪いが、田宮の中では今や憤りの気持ちの方が大きくなっていた。愉快犯にしてもやりすぎだ、と乱暴にメールを閉じた田宮はふと、この悪戯と富岡の『事故』には関係があるのだろうか、と考えた。

「…………」

まさか――偶然だろうとは思うが、タイミングがよすぎる感がないでもない。嫌がらせの対象は自分だと思っていたが、もしや富岡も目に見えぬ相手に悪意を抱かれていたとでもいうのだろうか。階段から突き落とされるような悪意を――。

『何でも言うてきてや』

田宮の脳裏に真摯《しんし》な眼差しでそう告げた高梨の顔が浮かんだ。相談してみようか、と思ったが、今、高梨はそれどころではないだろうと、忙しそうだった彼の様子を思い出し、取り出しかけた携帯をまた内ポケットに仕舞い込んでしまった。

弁護士に相談し、今後の対応が決まってから電話しよう——そう心を決め、田宮はまず目の前の仕事をこなすことに専念し始めたのだった。

「どう？　トミー、具合は？」

「既に退屈」

二十時を回った頃、富岡の病室には会社帰りの西村が見舞いに訪れていた。

「びっくりしたわよ。社内でもまた大騒ぎになってるし」

「今年度の話題賞でも狙《ねら》おうかな」

軽口を叩く富岡の様子に西村もほっとしたらしい。

「受賞は難しいみたいよ。他にも話題満載」

と更に軽口で応酬してきた。

「他ってなんだよ」

「今日、警察が来たのよ。変な似顔絵持って。『事情聴取』っていうの？　されちゃった。刑事って初めて見たけど結構かっこよかったよ」

「へえ」

富岡の頭に高梨と納の顔が浮かんだ。自分も見せられた似顔絵——三条に似ているかと聞かれたが、あれは一体誰のものだったのだろうと西村に確かめようとしたとき、

「そういやその刑事さん、田宮さんの知り合いみたいだったわよ」

と言われ、富岡は彼女の言う『結構かっこいい刑事』が高梨であると知った。

「知り合いねえ」

思わずぶすりと言い捨ててしまった富岡の心情などわかるはずのない西村は、持ち前の好奇心が疼《うず》くのか目を輝かせながら話を続けた。

「そう、『ごろちゃん』なんて呼んでたのよ。田宮さんもその刑事さんのこと名前で呼んでたし、えーと。なんだっけな」

「『良平』だろ」

「そうそう、その『良平』……って、なんでそんなこと知ってるの？」

綺麗に整えた眉を顰めて問い返してくる西村を誤魔化《ごまか》そうとした富岡は、

「そういやお前、三条のことホモだって言ってたよな？」

と話題を逸らした。

「イエス」

「ニュースソースは？」

「だってこのわたくしが落とせなかったのよ？　ホモ以外考えられないでしょう」

自信に溢れる口調でそう胸を張った西村を前に、富岡は思わず呆れた声を出した。

「……まさか、それだけ？」

「うん」

「………………」

嘘だろう、と富岡は大きく溜息をついてしまった。

「なによ」

「お前の言葉を信用した自分の馬鹿さ加減が情けない」

「失礼ねえ」

ぷうっと膨れたその顔も確かに魅力的ではあるのだが、それだって人には好みというものがあるだろう、と再び溜息をつきかけた富岡だったが、むきになったらしい西村が、

「絶対ホモよ。今だって田宮さんに凄くご執心なんだから」

と言い出した言葉には「ホントか？」と反応してしまった。

「本当よ。今夜も呼び出してたみたいだもの。ちらっと聞こえただけだけど、弁護士がどうこうって……」

「今夜も？」

富岡の胸になんともいえない嫌な予感が立ち上る。

「昨日の夜も会食だったんでしょ？　昼間も一人で呼び出されてたし……」

どう、と胸を張りかけた西村は、何を思い出したのか「それにしても」と軽く首を傾げる素振りをした。

「なに？」

「うーん、昨日からちょっと気になってたんだけど」

たいしたことじゃないのよ、と前置きをしたあと、西村は考え考え話を始めた。

「昨日、田宮さんが三条課長に呼び出されてるところにお茶淹《い》れたじゃない？　トミーに様子知らせようと思って」

「ああ？」

好奇心旺盛な彼女がよく使う手だと言うその『お茶淹れ』の最中、何に気づいたのだろうと富岡は続く彼女の言葉を待った。

「机の上に人事部長宛の封筒があって、中身について二人して真剣な顔して話し合ってたみたいだったんだけど、それがおかしいのよね」

「おかしい？」

何が、と問い返した富岡に、西村は、うん、とまた考え考え話を続けた。

「あの日のメール当番は私なのよ。でもあんな封筒、来てなかったと思うのよね。メール当番じゃないにしても、部長宛のメールは秘書の私に一旦はすべて配布されるから絶対に私が目を通さない郵便物はないはずなんだけど、三条課長はあの封書、何処で手に入れたのかなあって……部長は出張だったから本人からっていうことはまずありえないし」

「なんだって？」

富岡が驚きのあまり上げた大声は今度は西村を驚かせた。

「どうしたの？」

「どうしたもこうしたも……っ」

慌ててベッドから下り、松葉杖を摑《つか》んだ富岡に、益々西村は仰天し、

「トミー？　なに？　どうしたの？」

とそのまま慣れぬ杖さばきで病室を出ようとする彼のあとを追って来た。

「今夜、田宮さんは三条に呼び出されたんだよな？」

「う、うん、多分」

「何処だ？　場所は？」

「わかんないわよ。ねえ、トミー、なに？　どうしちゃったの？」

痛みに顔を顰めながらも必死で富岡は出口に向かおうとしている。

「トミー？」

「悪い、タクシー捕まえてくれ」

「そんな格好で何処行くっていうのよ？」

西村が驚くのも無理はない。出しなに財布と携帯電話だけは摑んできたが、富岡は病院の売店で買ったパジャマ姿のままだった。

「会社！　田宮さんが危ない！」

「田宮さんが？　なに⁇」

わけがわからないながらも富岡の剣幕に押された西村は彼に肩を貸してやり、病院の前に停車していたタクシーに富岡を乗せてくれた。

「一体なんなのよ？」

「あとでな！」

サンクス、と礼を言い、運転手に会社の名と住所を告げたあと、富岡は携帯に登録してある田宮の番号に電話をかけた。

『留守番電話サービスです』

電源を切っているのか地下の店にでも入っているのか、通話口から聞こえてくるのは虚しい留守番電話サービスの声ばかりである。

「田宮さん……」

心配のあまり居ても立ってもいられず、力一杯拳《こぶし》で自らの掌を殴りつけた富岡の脳裏に、まるで仮面を被っているかのように決めに決めた三条の整った顔が浮かんだ。

昨日、田宮が人事に呼び出されたのは人事部長宛に田宮に退職を勧告せよという嫌がらせの手紙が届いたからだということは本人から聞いていた。その嫌がらせの手紙は、田宮宛に届いた赤一色の嫌がらせのメールと同じ人物が送ったのではないかという。昨日富岡も実物を見たあの、赤一色の、気味の悪いメール――そして同じ人物が書いたのではないかと思われる人事部長宛の『手紙』。何故その手紙だけが部長秘書の手を経由せず、三条のもとに届いたのか。その答えに思い当たったとき、富岡は居ても立ってもいられなくなってしまったのだった。

理由は一つしかない。あの手紙が『届いたものではなかった』からである。あれを用意したのが三条だとしたら――？　田宮を再び人事に呼び出す口実に、彼に嫌がらせのメールを送り、人事部長に届いたという無記名の手紙を用意したのだとしたら――？

富岡の脳裏には再び三条の取り澄ました顔が浮かんでいた。昨夜、まるで田宮をエスコートするかのように背に腕を回し、微笑んでいたあの男の狙いは、やはり――。

「お客さん、玄関もう閉まってるみたいだけど？」

不安が渦巻く胸中を持て余し一人悶々《もんもん》と考え込んでいた富岡は運転手のかけてきた声に我に返った。ようやく社に着いたらしい。

「その階段の下でいいです」

「お客さん、大丈夫かい？」

まだ八時半を回った時間ゆえビルの周辺は人通りが結構あった。パジャマ姿の富岡は充分人目を引くに違いない。それを心配してくれたのか、人のよさそうな運転手がそう問いかけてくるのに、「大丈夫です」と富岡は笑顔で答え、金を払って車を降りた。周囲の好奇の目を感じつつ、松葉杖を使って通用口へと向かおうとするのだけれど、使い方もよくわからない上に痛みがぶり返してきてしまい、なかなか前に進めない。こんなときに、と舌打ちしかけた富岡は前方に見覚えのある二人の長身の人物を見出《みいだ》し、慌ててその背に声をかけた。

「高梨さん！」

「はい？」

振り返った高梨と、もう一人、共に病室を訪れた熊のように愛嬌《あいきょう》のある顔をしている納という刑事が驚いた視線を富岡へと向けてきた。

「どないしたんですか？　そんな格好で」

「田宮さんが！」

「え？」

思わず叫んだ名前に高梨と納が驚きの声を上げる。が、続く富岡の言葉には『驚き』を通り越し、怖いほどに真剣な表情が彼らの顔を覆った。

「田宮さんが危ない！」

「なんやて？」

「ごろちゃんが？」

どういうことだ、と二人が勢い込んで尋ねてくるのを、まずは、田宮の存否を確認しようと社内に導こうとした富岡は、急ぐあまりに転びそうになってしまった。

「危ない」

慌てて納が身体を支え、肩に腕を回して立たせてやる。

「すみません」

礼もそこそこに「こっちです」と富岡がビル内に彼らを導こうとしたときに、ちょうど通用口から出てきた、田宮と同じ課の杉本《すぎもと》が驚いたように富岡に声をかけてきた。

「どうした、その足？　それにその格好……」

「杉本さん！　田宮さんはっ⁉」

焦燥のあまり殆《ほとん》ど叫ぶような声を上げた富岡の必死の形相に杉本はたじたじとなりながらも、

「田宮？　随分前に帰ったけど？」

と彼の問いに答えてくれた。

「帰った？　何処かに行くって言ってませんでした？」

「いや、特には言ってなかったんだけど、家に帰ったってことはないんじゃないかな。今日あいつ、帰れるような状況じゃないし……」

客先とのトラブルで大騒ぎだったからさ、と杉本が教えてくれている間、高梨が携帯を取り出し田宮にかけ始めたが、

「あかん、やっぱり留守番や」

と、すぐに電話を切り、富岡を見た。

「人事に電話して、三条課長がまだいるか確かめないと」

杉本の身体を押しのけるようにして通用口に入ろうとした富岡に、杉本は慌てて、「大丈夫か?」とあとを追ってきた。

「電話くらい俺がしてやるからここで待ってろ。人事の三条課長が在社してるか、それを聞けばいいんだな?」

わけがわからないながらも、富岡の必死さの前に杉本は何か大変なことが起こりつつあると察したらしい。勢いよく通用口に引き返していくと、入り口のところにある社内電話で確かめてくれたようで、すぐに彼らのもとに戻ってきた。

「三条課長も今日は既に退社しているそうだ。六時くらいにはもう社を出ていたらしい。明日有休を申請しているそうだが……」

「何か約束がありそうだったとか、何処かに行ったとか、誰か何か聞いてないでしょうか」

「この時間、人事はあまり人が残ってないいんだよ。帰ったのか何処か寄るところがあったの

か、俺も一応聞いてはみたが、わからない、と言われてしまった」

「三条課長とごろちゃんが一緒におると？」

横でやり取りを聞いていた高梨が富岡に問いかける。

「多分」

低く答え頷いた富岡の顔を高梨は一瞬見やったが、やがて、

「三条課長の自宅住所、人事に聞いてくるわ」

と、杉本に警察手帳を示し、社の中へと入ろうとした。杉本は驚いたように手帳を見たが、

「いや、すぐわかります」

とその場で携帯から人事部に電話し始めた。今まで彼が話していたらしい人事の人間に三条の住所を尋ね、それを大きな声で読み上げる。

「中央区《ちゅうおうく》新川《しんかわ》……」

高梨が手早くそれをメモし、杉本に目礼した。

「一体何があったんだ？」

電話を切った杉本が問いかけてくるのに「明日説明します」と富岡が答えている横で、高梨は今聞いたばかりの三条の自宅に電話を入れ始めたが、やはり、といおうか応対はないようだった。

「まだ帰ってへんのか、それとも――」

「あの」

車に向かって歩き始めた彼らの後ろから、杉本が声をかけてきた。

「はい？」

「田宮がどうこう言ってたよな？　今思い出したんだけど、夕方誰かから電話があって、確かあいつ『昨日の店ですね』とか言ってたような」

「昨日の店？」

眉を顰めた高梨の横で、

「ありがとう！　杉本さん！」

富岡が明るい声を上げた。

「錦町です！　場所わかります」

「よっしゃ」

「行くか」

納が富岡の歩行を助けてやりつつ、覆面パトカーへと急ぐ三人の背に、

「よくわからんが、気をつけろよ」

という杉本の声が飛ぶ。

「恩に着ます！」

わけもわからずにそれでも田宮の居所を知るヒントをくれた杉本に手を振ったあと、富岡

は納に促され覆面パトカーの後ろのシートに乗り込んだ。

「神田錦町《にしき》です。靖国通り《やすくに》」

「一体何がどうなってるんか——説明してくれるかな？」

隣に乗り込んできた高梨が、真摯な瞳で富岡の顔を覗き込む。

「……僕にも教えてください。三条は一体何をやらかしたっていうんです？」

高梨の眼差しを真っ直ぐに受け止め、富岡も真摯な声でそう問い返す。

「…………」

真剣な視線がしばしぶつかり合ったあと、わかった、と頷き高梨は三条の容疑について富岡に話し始めた。


車が神田錦町の『然《ぜん》』に到着した頃には、高梨はおおまかな話を富岡に伝え終えていた。

「そんな……」

昨夜自分を階段の上から突き落としたのが三条らしいということに加え、殺人事件の容疑までもかかっているという話に、さすがの富岡も顔面が蒼白《そうはく》になっていた。

「……信じられない……確かにいけすかない奴ではあるけど、そんな……」

「まだ断定はできへんけどな」

可能性は著しく高い、と頷いた高梨の言葉に、富岡の、そして高梨自身の不安もこれ以上はないほどにそれぞれの胸で大きく膨らんでいた。店の前で車を停め、歩くのに不自由がある富岡を車内に残して高梨と納は店内に駆け込んでいった。間もなく引き返してきた彼らの表情が益々厳しくなっていることに、富岡の心配はほぼピークに達した。

「どうしたんです?」

「確かに三条とごろちゃんは店に来たらしいんやけど、もう帰ったと……」

「帰った?」

「ああ、しかもごろちゃん、酔っ払ったのか意識がないような状態だったと……あの野郎、一体何しやがったんだ」

「なんですって⁉」

納の言葉に富岡は思わず大声を上げ、隣に乗り込んできた高梨のスーツの腕の辺りを摑んだ。

「薬かなんか飲まされたんやろう。彼らが店を出てから三十分は経《た》ってへんそうや。すぐ三条の家に向かおう」

厳しい表情のまま高梨が納と富岡を見返し、納は慌てて車を発車させた。

「支配人の話では、もう一人予約が入っていたのが突然キャンセルになったと三条が言ってきたらしい。タクシーを呼んでやったと言うてはったから、行き先は自宅で間違いないやろ」

自分に言い聞かせるように高梨はそう言うと、嚙《か》み締めた唇の間から微《かす》かな溜息を漏らした。意識を失っている田宮の身に何が起ころうとしているのか——考えまいとしてもどうしても最悪の事態を想像してしまうのだろう。なんといっても三条は人ひとりを殺しているかもしれないのである。

「飛ばすぜ」

納も居ても立ってもいられぬ気持ちは一緒のようで、サイレンを取り出すと窓を開け車へと装着した。途端に物凄いサイレン音が響き渡り、周囲の車が驚いたように疾走する覆面パトカーに注目する。

「無事でいてや」

ぽそりと聞こえないような声で高梨が呟いた声に、富岡は思わず彼の顔を見やってしまった。真っ直ぐに厳しい眼差しをフロントガラスの向こうへと向けている端整な横顔が、擦《す》れ違う車のヘッドライトに照らし出される。

「…………」

痛ましさすら感じられるその真剣な双眸《そうぼう》に、富岡は己も同じような悲痛な顔をしているのだろうかと思わず頰に手をやった。思いは同じ——報われているいないの差があるにしても、田宮の無事を祈る気持ちには変わりはないじゃないかと富岡も高梨の見つめるフロントガラスへと目を注ぐ。

高梨の富岡の、そして納の、田宮の無事を願う気持ちを乗せ、覆面パトカーは首都圏を疾走していった。

monologue ⑤

くるくるとよく変わる表情が魅力的な彼の、意識を失いなんら感情を表さぬ白い貌《かお》の壮絶なまでの美しさに、今や私は圧倒されてしまっていた。

美しい——上着を脱がせ、ネクタイを緩める手が震えてしまった。目に飛び込んできた華奢な鎖骨に震える指先を押し当ててみる。驚くほどの熱さを感じたのは私の指先が冷え切ってしまっているからだろうか。

ああ、生きている——理由のわからぬ安堵が私の胸に溢れてくる。

そう——数日前、私はこんな華奢な鎖骨を目の前に、この細い首を絞め上げ——彼を殺してしまったのだ。

『助けて』

殺す相手に助けを求める愚かな彼。目の前の細い首が、白い肌が、ぼろぼろと涙を零《こぼ》す彼の泣き顔に重なって見える――。

もう一度抱きたかったのかもしれないな――。

ふと頭の中で聞こえた声に、馬鹿馬鹿しい、と私は思わず笑ってしまった。飽きるほどに抱いたじゃないか、と思いながら、目の前でしどけなく眠る彼のシャツのボタンを外してゆく。下着代わりのTシャツを脱がせようと抱き起こしたとき、柑橘《かんきつ》系の微かな香りが彼の身体から立ち上った。爽やかな香り――可憐な彼に相応《ふさわ》しい慎《つつ》ましやかに香るそのコロンが私の劣情を刺激する。

自棄《やけ》になっているのではないか

頭の中で、誰かが私に囁いている。長い爪とうるさい羽音を持つ生き物か――そんな生き物など存在するわけがないという常識が次第に私の上から薄れてゆく。

自棄になっているわけではない。

警察など怖いわけではない。証拠は何もないから。すべて私が処分したのだから。

それなのに何故、私はこんなにも強引に『彼』をこの手にしたいと願ったのだろう。昏々《こんこん》と眠る彼の安らかな寝息――微かに上下する裸の胸。薄く色づく胸の突起――一目見たときから、手に入れたいと思った裸体がまさに今、目の前にある。

『助けて』

ぼろぼろと涙を零した白皙《はくせき》の頬が今まさに再び生を得て、私の手の中で甦る。愛《いと》しいその頬を私は両手で包み、そっと唇を寄せ――。

8

覆面パトカーは十五分ほどで新川にある三条のマンションへと到着した。管理人の部屋を叩き、三条の部屋の鍵を手に入れ、慌てる彼と一緒に五階の部屋を目指した。

「一体何事です?」

訝る声を上げつつも、高梨と納の剣幕に押され、管理人は三条の部屋の前に彼らを誘導してくれた。

「大丈夫か?」

ついて行くときかない富岡に肩を貸してやっているのは納だった。本部に連絡は入れてあり、すぐに応援が駆けつけることになっている。どうするか、と高梨と納は一瞬顔を見合わせたが、互いに心は決まっていた。何よりも田宮の身の安全が第一である以上、一刻の猶予《ゆうよ》も許されない。

「………」

呼《よ》び鈴《りん》を押すかどうか、高梨は迷った。令状も何もない今、任意で家の中を改めるより道はないのだけれど、警察に踏み込まれたことで逆上した三条が、中にいると思われる田宮を傷つけぬという保証はない。一《いち》か八《ばち》か——高梨は管理人に部屋の鍵を渡すよう、静かに頼んだ。

「高梨……」

彼の意図を察した納が富岡に肩を貸したまま、なんともいえない顔をする。

「責任はすべて僕がとるさかい」

低くそう告げた高梨に納も力強く頷き返し、二人はしばし無言で見つめ合ったあと笑顔になった。

「ほな行くで。富岡君は危ないから下がっとき」

「……はい」

大人しく言うことを聞いたのは足手まといになるのを恐れたからであることは、不本意そうに尖らせた唇から見て取れた。頭の回転も速く、容姿も端麗、隙と言うものを見せない上に押しの強さは人一倍に見えるこの若者が田宮のことをいかに好きであるか、二度会っただけではあるが、高梨はいわれなくても察することができた。彼の方も高梨と田宮の関係を既に知っているようだったが、それでもなお田宮を諦めることなくアプローチを続けているらしい様子の彼に、複雑な思いを抱かないといえば嘘になる。

「高梨」

「ああ」

納に名を呼ばれ、高梨はコントロールできぬ自身の感情に一人苦笑した。今はそんなことを考えているときではないと誰より自分がわかっているはずなのに、と、気を引き締め直し、管理人から受け取った鍵をそっと鍵穴に挿してノブを回す。

「ドアチェーンをしてたらアウトだな」

「……意識を失ったごろちゃんを抱えとったらそこまでの余裕がなかったかもしれん」

高梨の言葉どおり、チェーンがかかっていなかったことに二人はほっと安堵の息を漏らした。ドアの外でそっと靴を脱ぎ、扉が閉まる音が立たぬよう、靴を入り口にはさむ。

「何が起こるかわからない。危ないですから下がっていてください」

青い顔をした管理人にそう告げ、高梨は納と連れ立ち足音を忍ばせて室内へと入っていった。短い廊下を抜けたところがリビングダイニングであるが、灯《あか》りも消えて人の気配もない。となると寝室か——高梨と納は足を止め、廊下に面した扉の前で耳を澄ませた。確かに人の動く気配がする。微かな音を聞きつけた途端、高梨は勢いよく目の前の扉を開いた。

「なっ」

「三条！」

煌々《こうこう》と灯りに照らされた寝室で、まさに今、三条はベッドの上に屈《かが》み込もうとしていたところだった。突然の闖入者《ちんにゅうしゃ》に驚き、目を見開いた彼の身体の下にいたのは——。

「ごろちゃん！」

「なんだね、君たちは？　人の家に無断で上がり込むとは！」

ベッドへ駆け寄る高梨に三条が怒声を浴びせかける。が、一瞬早く高梨は彼の胸を突くと、う、とその衝撃に蹲《うずくま》った彼の横を擦り抜け、上半身を裸に剝《む》かれた愛しい恋人の身体を抱き上げた。

「ごろちゃん！　しっかりし！」

「警察が人の家に無断で侵入した上に暴力を振るうとは何事だっ！　おいっ」

「貴様っ」

体勢を立て直した三条が、田宮を抱き上げる高梨の肩に手をかけようとするのを、後ろから駆け寄ってきた納が制した。

「一体何事だ？」

「それはコッチの台詞だ！　貴様、何してやがった！」

ネクタイを外しただけのスーツ姿の三条を、納は両手で締め上げる。

「プライバシーだ……君たちには関係ないだろう」

「何がプライバシーだっ！　立派な誘拐《ゆうかい》じゃないかっ」

「誘拐？　何を言っているのかな」

離せ、と三条は納の手を振り払った。優男に見えて意外に力が強い、と納は油断せぬよう一歩後ろへと下がりつつも彼の退路を断った。

「彼は当社の社員で私とは顔馴染みだ。今夜夕食を共にしたところ酔っ払ってしまったので家で休ませることにした。それの何処が誘拐だ？」

「裸に剝いておいてよく言うよ」

けっと納が吐き捨てるように言う横で、高梨が自らの上着を脱いで着せてやった田宮の頰を「ごろちゃん？　ごろちゃん？」と叩いている。

「下賤《げせん》な物言いに付き合うほど暇じゃない。早く出ていけ」

ちらと高梨に不審そうな視線を向けはしたが、今は事態を収拾させる方が先決と踏んだのか、三条は厳しい声でそう言うと真っ直ぐにドアを指差した。

「出ていくときは一緒だ。署でゆっくり話は聞いてやるぜ」

納が三条を睨みつけながら強引に腕を引こうとする。

「離せっ！　令状はあるのかっ」

「令状なんぞいるかっ！　現行犯だっ」

三条の怒声に納の怒声が被さる。と、二人の大声が耳に届いたのか、高梨の腕の中で田宮が微かに声を漏らした。

「ん……」

「ごろちゃん！　しっかりしいや？」

慌てて頰を軽く叩く高梨の前で、三条は、

「一体なんの現行犯だ？　誘拐か？　拉致《らち》か？　何度も言うが彼とは顔馴染みで、ここへ来たのも彼の意思で……」

「なわけねえだろっ」

大声でまくしたてる三条の主張を納の大声が一蹴《いっしゅう》した。

「なに？」

あまりに自信に溢れる納の声に気圧《けお》されたように、三条は一瞬怯《ひる》みを見せる。

「せや。ごろちゃんの意思のわけがない」

それまで田宮にかかり切りだった高梨が、田宮を抱き上げながら真っ直ぐに三条を見据えた。

「……『ごろちゃん』？」

「なにせ彼は僕の最愛の恋人やからね」

「な……っ」

驚きのあまり絶句した三条に、「わかったか」と納が勝ち誇ったような声をかける。

「そんな……」

信じられない、となおも絶句する三条を睨みつけていた高梨と納の耳に、遠くパトカーのサイレン音が響いてきた。

「やっと来やがったか」

やれやれ、と肩を竦めた納に、高梨が笑いかけたそのとき、

「ん……」

彼の腕に抱かれていた田宮がようやく意識を取り戻したらしく、薄《うっす》らと目を見開き、抱き上げられているという状況の不自然さに「あれ？」と寝ぼけたような声を上げた。

「ごろちゃん？　大丈夫か？」

気配を察した高梨が、慌てて田宮の顔を覗き込む。

「あれ……良平？」

なんで、と小さく告げるその声を聞いた三条の肩ががっくりと落ちた。どたどたと階段を上ってくる数名の足音が聞こえ、やがて捜査員たちが室内へと駆け込んでくる。

「三条貢《みつぐ》、田宮吾郎《ごろう》さん拉致未遂で現行犯逮捕する」

凛《りん》と響いた納の声は、三条には既に届いていないようだった。

「ごろちゃん、大丈夫か？」

「大丈夫かって……一体何がどうなってるんだ？」

「ほんま……無事でよかったわ」

戸惑い、あたりを見回そうとする田宮の身体をぎゅっと抱き締める高梨の姿を、三条はしばらく呆然と見つめていた。納が彼に手錠を嵌めようとするのにたいした抵抗もみせず、三条はそのまま彼に引かれて部屋を出ていった。

「田宮さんっ！」

目の前を手錠をかけられた三条が連れていかれるのを呆然と見やっていた富岡は、続いて田宮を抱いた高梨が部屋から出てきたのに、我に返ったような大声を上げた。

「富岡？　お前、そんな格好で何やってんだよ？」

随分意識がはっきりしてきたらしい田宮が、パジャマ姿の富岡を見て驚いた声を上げる。

「何じゃありませんよ！　言ったじゃないですか、三条には気をつけろって！」

「……え？」

わけがわかっていない田宮が眉を顰めるのに、高梨は「あとでな」と微笑みかけると、

「ともかく、今回は彼のお手柄や」

と目で富岡を示した。

「お手柄？」

「ああ。ほんま、ごろちゃんが無事でよかったわ」

はあ、と安堵の溜息をついた高梨が、人前だというのに田宮をぎゅっと抱き締める。

「……おいっ」

慌てた田宮が暴れるのもかまわず、益々強い力で彼の身体を抱き締める高梨を前に、富岡はなんともいえない苦々しさと、それでも田宮が無事に保護されたことへの喜びを胸に小さく溜息をつくと、複雑な顔のまま肩を竦めたのだった。

救急車で田宮と富岡を病院へと運び、田宮に付き添っていた高梨のもとに竹中《たけなか》が飛んできた。三条が一言も口を割らず、ただ高梨との面談を求めているというのである。

「俺は大丈夫だよ」

田宮が三条に盛られたのは、数時間で切れる睡眠薬の一種であったらしい。弁護士も同席するという会食の場に呼び出されたにもかかわらず、弁護士が急にキャンセルを申し出てきた、という三条の話を聞いたあたりまでは記憶があるが、それ以降気を失ってしまったようだ、と語ることができるようになった田宮は、ここはいいから、と高梨を捜査本部に戻らせようとした。

「ほんま、大丈夫か？」

「大丈夫。ほんと、ごめんな？」

客先に謝りに行くのに携帯が鳴ってはまずいと——バイブ音ですらまずいということで、電源を切っていたことをすっかり忘れてしまっていたために、高梨の伝言に気づかなかったことを田宮は詫《わ》びた。

「もう大丈夫だから」

「ほんま、ごめんな。すぐ戻ってくるよって」

待っとってな、と、後ろ髪を引かれる思いで高梨は田宮の病室をあとにし、三条が待っているという取調室へと向かった。

「ほら、ご指名の高梨警視だ」

高梨が取調室に入ると、それまで応対していた納が揶揄するように三条に声をかけ、正面の席を高梨に譲った。

「おおきに」

そのまま扉の前に移動した納に高梨は頭を下げたあと、無言で真っ直ぐに三条の顔を見やった。三条も俯《うつむ》いていた顔を上げ、真っ直ぐに高梨を見返してくる。

「なんの話があるんかな?」

高梨が口を開き、静かな口調でそう告げたが、三条はしばらく無言のまま、じっと高梨の顔を見つめ続けていた。

「おい、なんとか言ったらどうなんだよ」

バン、と納が背にしたドアを叩く。わん……と振動が反響するように室内に響いたあとまた訪れた静寂に、再び高梨が口を開こうとしたとき、

「……警視庁捜査一課の刑事がホモか……」

くす、と笑った三条がそう言い、ふいと高梨から目を逸《そ》らせた。

「……それが?」

「世間がこれを知ったらさぞ驚くだろうなと思ってさ。さっき聞いたらあんた、警視だっていうじゃない。その若さだとキャリアかな? そんなあんたがホモだなんて世間に知れたらさぞ……」

「別にかまへんよ」

くすくす笑いながら言葉を続けていた三条の言葉を、高梨の声が遮った。

「え?」

思いもかけない言葉だったからだろう、三条が驚いたように顔を上げ、再び高梨を真っ直ぐに見つめてきた。

「別に僕は自分の性指向もごろちゃん——彼との関係も、世間に対して恥ずべきものとは思てへんよ」

「……え……」

啞然、としか言いようのない顔で三条は静かに語る高梨を見つめていたが、やがて顔を伏せると、肩を震わせ始めた。

「三条?」

くっくっという抑えた笑い声が俯いた三条の口から漏れてゆく。

「恥じてない……恥じてないね」

次第に笑い声は大きくなっていき、やがて『哄笑《こうしょう》』というに相応しい笑いになっていったが、高梨は顔色一つ変えず、目の前で笑い続ける三条の顔を見つめていた。

「恥じてない！　恥じてないだと」

三条は笑いながらもまるで罵倒《ばとう》するような勢いで高梨を指差し、机をバンバンと大きな音を立てて叩きまくったが、高梨は一言も答えなかった。やがてヒステリックに響いた三条の笑いも収まり始め、ああ、と大きく溜息をつくと、そのまま机に顔を伏せてしまった。

「……ユウジ」

しんと静まり返った取調室に、高梨の呼びかけた声が響く。びく、と肩を震わせ、顔を上げた三条の前に、高梨は昼間彼にも示した社章の入ったビニール袋を差し出した。

「あんたが『ユウジ』やな？」

「………………」

三条は無言のままじっと差し出された社章を見つめていたが、やがてまた小さく肩を震わせると、くすくすと笑い始めた。

「三条」

「……何処で失くしたのか、全く気づかなかったよ……」

あーあ、と三条は大きく溜息をつくと、目の前の社章を手にとった。

「こんなモンで足がつくとはね」

「殺された牧村さんの執念やね」

何気なく言った高梨の言葉に、三条は一瞬言葉を失いまじまじと彼の顔を見つめていたが、やがてまた肩を震わせ笑い始めた。

「執念……執念ね」

「笑い事やないやろ？」

静かながらも怒りの籠もった高梨の声が取調室に響き渡った。ぴたり、と三条の笑いが止まる。

「……仕方なかった。まさか興信所まで使うとは思わなかった。あいつは私の名前も勤め先も、役職まで調べ上げていた。『やり手の人事課長なんだってね』『会社にバレたら相当まずいんじゃないの』――そんなことを言って脅されては、もう殺す以外方法は――」

「脅された言うてもな、一度でも牧村さんはあんたに金要求したか？」

「え？」

三条が虚を衝かれたように黙り込む。

「……してへんやろ？」

「……これからするつもりだったのかもしれないじゃないか」

当惑したように目を泳がせた三条の言葉を、高梨は「違うな」と一言で切って捨てた。

「あんたにもわかってたはずや。牧村さんはあんたの心が自分から離れてゆくのを感じ、なんとか繋ぎ止めたい思うてた、それだけやった。そんなん、あんたにかてわかっとったんちゃうかな?」

「……わかるわけがない」

ぼそりと言い捨てた三条の前に、高梨はごとりと、先ほど金岡捜査一課長から渡された携帯電話を置いた。

「……?」

なんだ、というように顔を上げた三条に高梨は、

「見覚えあるか?」

と、携帯を手にするよう、目で促す。

「………」

牧村のものだということはすぐにわかったのだろう、三条は無言で携帯を開いたが、いくつかボタンを押してそれがロックされていることに気づいたようだった。

「牧村さんの携帯電話、恥ずかしい話やけど我々がチェックできたのは昨日のことやった。会社に忘れとったゆう話は聞いてたはずやのに、回収が遅れたんやな。着信履歴やらアドレス帳やらをチェックしよう思うたらロックされとってパスワードがないと解除できへん。それでショップに持っていったんやけど、牧村さんが設定しとったパスワードって、なんやったと思うか?」

「さあ」

三条が興味なさそうに相槌をうち、携帯電話を離した。

「あんたの誕生日やったよ」

「……え？」

三条がまた、驚いたように顔を上げる。

「意外そうな顔しとるな」

高梨は三条の手を離れた携帯電話を操作し、パスワード請求の画面を出した。

「人に見られたくない何かを隠しとったんやね」

さあ、というように高梨は携帯を三条の前に差し出した。三条は手を出すこともなく、じっと差し出された携帯電話を見つめている。

「会社の人が驚いてたらしいわ。最近まで牧村さんは携帯をロックなんてしてへんかったって。これは会社が支給してくれた電話らしくてな、半分は会社のもんでもあるんで、皆その辺はオープンやったって。そんな彼がどうしても人に知られとうなかったのは——」

手を出す気配のない三条の代わりに、高梨はボタンを押してパスワードを解除すると、続いてアドレス帳を開いた。

「この名前——ようやくつきとめた、この名前やったんやないかな」

「……うそだ」

三条の目が携帯の液晶画面に釘付けになる。そこに浮かび上がっていた名前は——。

『三条貢』

電話も住所も何もない、ただ三条本人の名前だった。

「……牧村さんはあんたが名前や素性を人に知られたくない思うとることを、誰よりよう知ってはった。だからわざわざ人に見られんようにロックしはったんやないかな？　いつかあんたが自分の名を明かし、住所やプリペイドなんかやない電話番号を教えてくれる日を願って名前だけ登録し、ようやく調べたあんたの誕生日をパスワードにしはったんやないかな」

「そんなのは……でたらめだ」

三条の手が、高梨が差し出した携帯電話に伸びてくる。ぶるぶると傍目《はため》にわかるほどに震えるその手が携帯に触れ——やがてそれを握り締めた。

「でたらめかどうかは——あんたが一番ようわかっとると思うけどな」

「…………」

高梨の言葉にちらと目線を上げたが、三条はすぐに手にした携帯電話の液晶をじっと見つめ始めた。

「…………でたらめだ……」

携帯を持つ手の震えがだんだんと大きくなってゆく。

「……でたらめだよ」

自ら震えを抑え込むようにぎゅっと携帯を握り締め、顔を上げて叫んだ三条の目から、一筋の涙が零れ落ちた。

「…………」

高梨は何も言わず、小さく首を横に振ってみせた。

「……でたらめだと言ってくれ……」

一瞬縋《すが》るような目で三条はそんな高梨を見たあと――机に突っ伏し、号泣した。

「ずっとコンプレックスを抱いていた」

しばらくして落ち着いていたらしい三条は、ぽつぽつと問われるがままに自分のことを、事件のことを話し始めた。

「就職のとき、希望していた総合商社には押並《おしな》べて断られた。ＯＢの受けがよくなかったにちがいない、と思い込もうとしたが、それがずっとコンプレックスになってしまっていたのかもしれない」

三条はここで高梨を見、「一点の曇りもない経歴を築き上げてきたあなたにはわからないかもしれないね」と寂しげに笑った。

「…………」

高梨が言葉に詰まったのを見てまた笑った三条は、再びぽつぽつと話し始めた。

「第一志望ではなかったが一部上場の専門商社に入ったときから、私はこの社内で『一点の曇りもない経歴』を目指した。うまい具合に上司の引きもあってとんとん拍子に出世もできた。自分の望む『一点の曇りもない経歴』をここで築き上げることができる——そんな私が唯一己を恥じている部分が」

三条は言葉を選ぶように口を閉ざし、やがて決心がついたのか、

「男が好きだという、自分の性指向だった」

と、やけにきっぱりした口調でそう告げた。

「駐在中、アメリカでは人目を気にすることなく過ごすことができた。日本に帰ってきてからは、相手を探して二丁目に繰り出すことはあっても、決して素性だけは明かすまいと思っていた。相手の素性も聞かず、こちらも素性を言わない——当たり前だがそんな関係は長続きするものじゃない。関係してすぐ別れて、を繰り返しているうちに、次第に私にとって関係自体がゲームのように思えてきてしまった。うまくいっているカップルを見ると壊したくなった。ホモだと公言して憚らないような奴からはその相手を取り上げたくもなった。剛司との出会いも同じだった。あの神崎とかいう男といちゃいちゃしているのが癪《しゃく》に障《さわ》って、声をかけただけだったのに、彼は何故か私に酷く執着するようになってしまった。好きだから

私が誰だか知りたい、名前を教えてほしい、しつこくされればされるほど、私は彼を遠ざけた。素性を明かすわけにはいかない、自分が作り上げた『一点の曇りもない経歴』を汚《けが》すわけにはいかないとそれだけしか考えられなくなった。だから——」

「殺した？」

「……ああ」

はあ、と三条は大きく溜息をつき両手に顔を埋《うず》めてしまった。

「彼を殺してすぐ、社内でホモ騒動が起こった。営業の若手が深夜残業中にキスしていたという投書を見た瞬間、自分のことを摘発されたのかと思い、私は青くなった。話を聞いてみると、あの富岡という若造にふられた女がその腹いせで起こした騒ぎだということがわかった。馬鹿馬鹿しい、と流すつもりが、あの富岡が——」

富岡の顔でも思い出したのか、三条は忌々しげに端整な眉を顰めた。

「『ホモの何処が悪い』——少しも自分の性指向を恥じていないあの男の言葉を聞いた途端、私の中で何かが狂い始めてしまった。社内で、そして世間で、私が恥じに恥じて、人に知られぬよう細心の注意を払い、人殺しまでして守りたいと思っているものを、あまりにもあっさりとあの男は捨てている——今から思えば羨望《せんぼう》だったんだろう。が、そのとき私はどうしてもあの男は許せないと思ってしまった。あんな男に好かれている田宮という男が気の毒になった。最初は彼を助けてやりたいと思ったはずであったのに、気づけばどうやったら彼を富岡の手から奪うことができるか、それればかりを考えるようになってしまった」

「それで嫌がらせのメールを送ったり、人事部長宛に手紙が来た振りをしたっちゅうわけか」

溜息交じりに口を挟んだ高梨に、三条は、ああ、と頷いた。

「追い詰めれば追い詰めただけ、彼は私を頼りにするだろうと思っていた。見た目から私は彼を、もっと儚《はかな》げな、なんというか、人の庇護《ひご》の手を待っているような男だと思っていたのに、実際の彼は私の嫌がらせにそれほど動じてはいないようだった。意外に芯が強い、男らしい性格にギャップを感じなかったといえば嘘になるが、ますます手に入れてみたくなったところにまたあの富岡が邪魔に入った。忌々しさから思わず――」

三条は富岡を階段から突き落としたこともここで吐いた。どうかしていたに違いない、と今なら思うが、今思っても仕方がないことだ、と苦笑した三条に、高梨は「せやね」と言葉少なく頷き、小さく溜息をついた。

「……何処から歯車が狂い始めたのか――すべてが終わった今となっては、自分の描いた地図の上をあまりに外れてしまったと理解できるのに、渦中《かちゅう》にいるときには少しも自分の立っている場所が見えなかった。己の打ち立てた将来の理想像を守るのに必死になっていたけれど、どんな理想を打ち立てていたのか、いつの間にかそれを忘れていた。一点の曇りもない経歴――私は一体何を目指し、何を守ろうとしていたのか――」

三条の手が、机の上に置かれていた牧村の携帯電話へと伸びていく。高梨と納の見守る中、携帯を両手で包むようにして取り上げた彼は、ぽつりと一言呟いた。

「……どうせこんなことになるのなら、名前くらい……直接教えてやればよかった」

「せやね」

高梨の打った相槌に、三条は顔を上げ、くしゃ、と顔を歪めて笑った。

「……似てたんだよ」

「え？」

高梨が微かに目を見開き、三条の顔を見返した。

「俯いたときの頬のラインが――剛司によく似ていたんだ」

悪かったな、と三条は小さな声で詫びると、再び大きく溜息をつき、携帯電話を握っていた両手に顔を伏せてしまった。

「………………」

田宮のことを言っているのか――心の中でそう呟いた高梨の目の前で、三条の肩が震え始める。

「……『愛してる』……最後にあいつ、言ったんだ。『愛してる』って」

三条の肩の震えが一段と大きくなる。

「……信じてやればよかったなあ」

ふふ、と一瞬笑いかけた三条の声が、嗚咽《おえつ》に飲み込まれていった。

「うう……」

そのまま机に突っ伏し再び大声で泣き始めた彼の手には、しっかりと携帯電話が握られていた。悔いても悔い足りぬ己の行為をそれでも悔いて号泣する三条の姿を前に、思わず高梨と納は顔を見合わせると、やりきれない思いのままに頷き合ってしまったのだった。

9

三条の取り調べが終了したとき、時計は午前二時を回っていた。

「ここはもういいから」

納に、そして同僚たちに見送られ、高梨は田宮が運び込まれた病院に取って返した。病院から、念の為一晩入院はさせるがもう大丈夫でしょうという連絡はもらっていたものの、やはり彼のことが心配だったからである。

病室は既にわかっていたので高梨は足音を潜め、もう寝ているだろう田宮を起こすまいとそっとドアを開いた。がらんとした室内、急ごしらえのベッドが一つだけ中央にぽつんとあるその部屋で、予想どおり田宮は安らかな寝息を立てていた。

「…………」

そっとベッドに近づき、田宮の顔を覗き込む。思いもかけぬ事件に巻き込まれてしまった愛しい恋人を無事救い出すことができて本当によかった、とその安らかな寝顔を前に高梨の唇から微かな溜息が漏れた。

「ん……」

敏感にそれを感じてか、田宮が眉を顰め、寝返りを打つ。しまった、起こしたか、と高梨が首を竦めて見守っていると、覚醒までには至らなかったようで田宮はまた身体を丸め、すうっと眠りの世界に入ってしまったようだった。

「…………」

愛しい――言葉にし尽くせないほどの愛しさが、高梨の胸に溢れてくる。

この先彼に降りかかる災厄から彼を遠ざけ、その端整な眉が苦痛に顰められることのないよう、常に満ち足りた笑顔を愛らしい頬に浮かべていることができるよう、この世のありとあらゆる悪《あ》しきことから彼を守ってやりたい――。

『守る守るって、自分の身くらい自分で守るよ。男なんだから』

可愛らしい口を尖らせた田宮の顔がふと浮かび、高梨は思わず苦笑してしまった。

そう――『見た目を裏切る芯の強さを持つ』と三条も評していた田宮は、黙って高梨に守られているような――庇護の手を待っているような男ではないのだ。それよりはむしろ――と高梨が思っていたところで、「ううん」と田宮が小さく息を漏らしたかと思うと、薄らと目を開いた。

「かんにん。起こしたか」

小さな声で詫びた高梨に、「ううん」と寝ぼけたような声で答えた田宮は、目が覚めきっておらず、そのまままた眠りについてしまいそうな様子である。

「…………」

おやすみ、と心の中で呟き、もう起こすまいと高梨はそっとベッドから離れようとした。ドアの近くでパイプ椅子にでも座り、夜を明かそうとしたのである。と、不意にベッドから田宮の手が伸びてきたと思うと、驚いている高梨のスーツの袖《そで》を摑んだ。

「ごろちゃん？」

「……………丈夫か？」

寝ぼけたのか、と高梨はその手を握り、そっとまた毛布の中へと戻そうとした。

無理やりのように目を開いた田宮が、高梨に向かい彼の体調を気遣うように微かに眉を顰めてみせる。

「……僕は大丈夫やて」

そう——田宮の方こそ常に高梨の身を案じ、彼に向かって両手を差し伸べてくれているのである。

「……ほんま、愛してるよ」

思わず呟いてしまった高梨の声に、既に眠りの世界に落ち込みつつあった田宮もにっこりと幸せそうな笑みで答え、益々高梨の胸にぬくもりを与えてくれたのだった。

「……あっ……はぁっ……」

華奢な身体が高梨の下で撓《しな》り、耐えきれぬように声を漏らす。

「はぁっ……あっ……あっ……ああっ……」

大きく開かせた脚を高く掲げてやりながら、なおも奥底を抉《えぐ》るように腰を動かす高梨の動きに合わせ、田宮も自ら腰を揺らす。

「やっ……あっ……あっ……あっ……」

インターバルを与えぬ突き上げに田宮の目が次第に虚《うつ》ろになってゆく。高潮した頬、緩く開いた口元から覗く白い歯と紅い舌のコントラストが、長い睫《まつげ》に縁取られた焦点の合わぬ瞳の淫蕩《いんとう》さと共に視覚で高梨をなお一層昂《たか》め、更に奥深いところに己の雄を突き立ててやると、田宮は悲鳴のような声を上げ、絶頂が近いことを伝えてきた。

「……っ」

あどけなくさえ見える瞳が高梨を捉《とら》え、滾《たぎ》る欲情の発露を求め縋るように細められる。心臓を鷲摑《わしづか》みにされるような衝撃——庇護欲やら征服欲やらありとあらゆる欲望が一気に高梨の中で弾《はじ》け、眩暈《めまい》を覚えるほどの快楽が彼の身体を駆け抜ける。

「やぁっ……あっ……ああっ……あっ……」

一匹の獣と化した高梨の欲情のままの動きに、田宮の身体がベッドの上で跳ね上がる。高梨の欲望を受け止め、のたうちまわる田宮自身の欲情を解放してやろうと高梨は二人合わせた身体の間に手をやると、今日何度達したかわからない田宮の雄を握り、扱《しご》き上げた。

「ああっ……」

一段と高い声を上げ、田宮が高梨の手の中で達し、白濁した液を高梨の腹へと撒《ま》き散らす。

「……っ」

途端に高梨を咥《くわ》え込んでいたそこが驚くほど激しく収縮し、高梨も耐えられず田宮の中に精を放った。

「……ぁっ」

迸《ほとばし》るその重みに田宮が微かに声を上げ、ぎゅっと両脚を高梨の背に絡《から》めてくる。

「……キツかった？」

乱れる息の下、掠れた声で囁く高梨に、無言で首を横に振って答えた田宮の、大きく上下する胸一面は薄らと汗に覆われている。拭ってやろうと下から掌で撫《な》で上げると、

「……やっ……」

達したばかりで過敏になっているらしい田宮は身体をくねらせ、高梨の背に両手両脚でしがみついてきた。

「……たまらんね」

苦笑し囁く高梨の声に、顔を上げ、バツが悪そうに口元を歪めたその顔の愛らしさが、ま

た高梨の笑いを誘う。

「……なんだよ」

ようやく息も整ってきたらしい田宮が、高梨のもの言いたげな笑顔をじろりと睨《にら》んできた。

「最近のごろちゃんはなんていうか……のべつまくなしに誘っとる、ゆう感じやね」

「なんだよ、それ」

呆れた声を上げ、田宮が高梨から身体を離そうとする。

「たとえば、ほら」

合わせた胸の間に生まれた隙間に手を差し入れ、高梨が田宮の胸の突起を抓《つね》ると、

「ぁんっ……」

田宮は声を漏らして身をくねらせ――自分の所作に気づき、みるみる頬を紅く染めた。

「な?」

「馬鹿じゃないか?」

信じられない、と田宮は高梨の胸を押し上げ、鍛え上げられた美しい筋肉を誇るその身体の下から逃れようと暴れ始めた。

「ジョーク、ジョークやて」

怒らんといてや、と笑う高梨に、「もう」と早々に抵抗を諦め――もとより本気で抗《あらが》っていたわけではないのである――田宮が再び彼の胸に顔を埋めてきた。

「それにしてもほんま……今回はえらい目に遭うたな」

「……まあね」

しみじみといった口調で高梨が囁いてきたのに、田宮は溜息をついたあと、小さくそう頷いた。

一晩の入院の後、田宮は高梨に伴われアパートに帰ってきた。大事をとって一日会社を休むことにしたのだったが、その連絡を入れた際、三条の逮捕で社内は今おおわらわだと電話を受けた杉本が教えてくれた。

「来ても仕事にならんから、ゆっくり休めや」

「ありがとうございます」

礼を言って電話を切ったあと、田宮は高梨にこの杉本が自分の危機を救う手助けをしてくれたのだと聞き、改めて出社したら礼を言わねばと思ったのだった。

高梨も上司である金岡課長の粋《いき》な計らいで、ローテーションを組み替え今日を休日にしてもらえたのだと言う。そのまま二人顔を見合わせ、どちらからともなく抱き合い、唇を合わせていた。まだ午前中だと、普段なら眉を顰める田宮が自らシャツのボタンを外し、二人して服を脱ぐのももどかしく、半裸の状態で抱き合い互いの身体を弄《まさぐ》りあった。高梨は田宮の身体をいつまでも離そうとせず、田宮も高梨においていかれまいとでもするかのように華奢な手脚で必死にしがみついてきて、何度精を吐き出しあってもまだ足りぬというついにない

濃い行為を交わした後、ようやく普段の自分たちを取り戻した——そんなときに高梨が、

「今回はえらい目に遭うたな」

とぽつりと囁いてきたのだった。

「……まあね」

田宮は溜息をついたあと、うん、と小さく頷いてみせる。

「どないしたん？」

その溜息があまりに切なげに聞こえたことを敏感に察した高梨が、田宮の顔を覗き込んだ。

「うん……俺も同じかもしれないと思って」

「同じ？」

何が、と目で尋ねると、田宮はその大きな瞳を伏せ、呟くような声で言った。

「俺も……会社じゃ良平のこと、隠してるし……」

「ごろちゃん」

「三条のしたことは酷いことだと思うけど、結局俺も人に知られるのが……」

怖いのだ、と言いかけた田宮の唇を、高梨の人差し指が押さえ、制した。

「……良平」

「誰かて同じやないかな」

「……え？」

にこ、と微笑んだ高梨が、額を合わせるようにして田宮の瞳を覗き込む。

「僕かて、人に知られたくない思うことは仰山胸《ぎょうさん》の中に仕舞うてるよ。たとえば……」

高梨は一瞬困ったように笑ってみせたあと、再び言葉を続けた。

「あの富岡君のこと」

「え？」

突然出てきた思いもかけぬ名に、田宮が思わず顔を上げる。

「……彼が本気でごろちゃんのこと好きやいうんを、これでもかっちゅうくらい目の当《ま》たりにしてな……恥ずかしい話やけど、めちゃめちゃ嫉妬してもうたわ」

「そんな……」

慌てて口を挟もうとした田宮に高梨は、「わかってるて」と笑いかけた。

「ごろちゃんにその気はないゆうんも、勿論わかっとるんやで？　ただ彼の挑発に乗るわけやないけど、一日のうち一番長い時間拘束されとる場所が同じ——同じ会社に勤めとる、それだけで嫉妬してまう……それくらい心が狭いゆうか嫉妬深いゆうか、そんなことは人には知られとうない、ましてごろちゃんには特に知られとうない……」

「良平……」

「みんな、同じやて」

な、と高梨は目を細めて微笑み、田宮の身体を抱き寄せた。

「でも、ごろちゃんへの思いは誰に恥じるものでもあらへん」

「俺だってそうだよ、俺だって良平のことは……」

「それでええやないか」

勢い込んで己の気持ちを訴えてきた田宮に、高梨は再びにっこりと目を細めて微笑みかけた。

「愛してるよ」

囁いた高梨の背を、田宮はぎゅっと抱き締め返し、そっと額を寄せてくる。

「俺も。愛してる」

「……これでええやないか」

な、と微笑んだ高梨に、田宮はうん、と頷くと更に強い力で彼の背中を抱き締めた。華奢な腕の感触が、益々高梨に彼への愛しさを募らせる。

「愛してるよ」

胸に溢れる思いのままに再びそう囁いた高梨に、田宮もその胸に溢れる思いを表そうとするかのように、なお一層強い力で高梨の背を抱き締め返してきたのだった。

Happening

彼の社に行ってみよう、というのはほんの思いつきだった。その日は捜査本部に戻らず現地解散となったのだが、その解散場所が彼の社の最寄り駅まで地下鉄で三駅のところにあったのだ。

「ほな、また明日」

今回ペアを組んでいた竹中《たけなか》が、思いの外《ほか》早い解散に飲みに行きたそうな顔をしていたのに心の中ですまんと手を合わせ、地下鉄の入り口で彼と別れるとちょうど来た電車に飛び乗った。

何も見えぬ車窓に自分の顔が映っている。意識せぬうちに酷《ひど》く厳しい顔をしていることに気づいて苦笑し、窓ガラスに一瞬額《ひたい》を押し当てた。先が見えてこぬ捜査への苛立《いらだ》ちを、彼の前では見せまいという決意のもと、再び顔を上げてガラスを見る。先ほどより幾分《いくぶん》表情の和らいだ顔をそこに認め、よしよし、と満足げに頷《うなず》く己の顔がまた窓ガラスに映っている。あほらし、と再び苦笑すると、ドアに背を向け電車が愛《いと》しい人の勤める社の最寄り駅に着くのを待った。

駅に降り立つ頃になって、もしかしたら無駄足になるかもしれないな、という当然のことにようやく思い当たった。最近の彼は残業も多いので、この時間社にいる確率は高いのだろうが、接待や飲み会が入っていないという保証はない。その上残業していたとしても、すぐ出られるとは限らないな、と今更のことを思いつつ、とりあえずかけるだけかけてみるかとポケットから携帯を取り出したとき、あまりにも見覚えのある姿を前方に認め、その偶然に思わずその場に立ち尽くしてしまった。

「待ってくださいよう、田宮《たみや》さん」

「うるさいなあ。もう、ついてくんなよ」

心底迷惑そうな声を出しているのは間違いなく、彼——だった。

「いいじゃないですか。たまには飲みに行きましょうよう」

その彼の後ろから、にこにこ笑いながら声をかけているのは、彼の会社の後輩の富岡《とみおか》だ。あの事件のときに右足が折れた彼は、その後の無茶で——彼の働きがあったからこそ、すべてが無事に終わったのだが——反対の足の靭帯《じんたい》を伸ばし、かなり長いこと入院していたのだという。今もこころもち足を引きずっているように見えるが、そんな怪我《けが》になどかまっていられない、という勢いで、富岡はしつこく彼を誘い続けていた。

「最後に一緒に飲みに行ったのなんて、半年以上前ですよ！　半期に一度なんていわないで、せめて毎月、できれば毎週、飲みでもメシでも映画でもなんでも付き合ってくれると嬉《うれ》しいんだけどなあ」

「……できるわけないだろ」

あまりのしつこさを持て余したのか彼はその場で足を止め、馬鹿か、と呆《あき》れた口調で富岡を振り返った。迷惑しつつもそんな後輩を相手にしてしまうのは、彼の類稀《たぐいまれ》なる『性格のよさ』の賜物《たまもの》か、はたまたこの富岡が彼にとっては別格なのか——ふと浮かんだその考えが呆然《ぼうぜん》と立ち尽くしていた僕を我に返らせた。別に彼の心を疑っているわけではないのだ。かつて『富岡とは誰だ』と尋ねたときの彼の答えは『後輩』という簡単なものだった。彼にとってはそれ以上でも以下でもない男の存在に、何故《なぜ》自分はこれほどまでにジェラシーを感じてしまうのだろう。

『何せ一日のうち最も長い時間を拘束されてる会社が田宮さんと僕は一緒ですので』

『高梨さんはお忙しそうですからね、田宮さんのことは僕が責任持ってお守りしたいと思ってます』

これでもかというほどに挑戦的だった富岡の態度が、危機感を煽《あお》るのか。それともああして己の好意をストレートに彼へと向ける、素直なそのアプローチが不安に拍車をかけるのか——。不安になる必要など少しもないことは、彼に絶対的な信頼を寄せている自分が一番わかっているはずなのに、何故敢《あ》えて自ら不安を探し出そうとしてしまうのか、と僕は苦笑し、目の前にいる彼に声をかけようとしたそのとき、

「そんなこと言わないで、せめて今晩、一杯だけでも飲んで帰りません？」

不屈の精神とはまさにこのことか、と感心するしつこさで富岡が彼の顔を覗《のぞ》き込んだ。

「駄目」

つれなすぎるほどつれない返事に、更にしつこく富岡が食い下がる。

「なんで?」

「スーパーが閉まるから」

「田宮さん、主婦じゃないんだから」

「主婦で結構」

売り言葉に買い言葉なのだろう、いつもは『嫁さん』と言われると傍《はた》で見ていて微笑《ほほえ》ましいほど照れまくる彼なのに、自ら『主婦』であることを認める発言をするなんて、と思わず笑ってしまいながら、すぐ近くまで歩み寄ってきた彼に、

「ごろちゃん」

とようやく僕は声をかけたのだった。

「良平《りょうへい》!」

富岡とのやりとりですっかり前方不注意になっていたらしい彼が、心底驚いた声を上げ駆け寄ってきた。ついでのように富岡も驚きに目を見開き——富岡も彼に絡《から》むのに必死で僕に気づかなかったらしい——僅《わず》かに足を引きずりながら、彼のあとを追ってくる。

「ちょうど会えてよかったわ」

「なんで⁇　なんで良平がここにいるんだ？」

大きな瞳が真《ま》っ直《す》ぐに僕に向けられている。街灯の灯《あか》りを受けて煌《きらめ》くその瞳の星に思わず吸い込まれそうになる自分に苦笑しつつ、

「この近所で解散になったもんやからね。ごろちゃんまだおるかな、と思って寄ってみたんよ」

と、我ながらわざとらしいとは思ったが、ぐいと彼の肩を抱き寄せた。

「なんだ、俺、てっきり泊まり込みかと思ったから、明日差し入れになんか持って行こうと思ってたんだよ」

僕の意図を汲《く》んでか汲まずか——多分気づいてないのだろう——彼は屈託なく僕に笑いかけると、

「ほんと、すごいタイミングだよな！」

とにっこりとその大きな瞳を細め、微笑んできた。

「そらもう、以心伝心、心が通じ合うとるさかいな」

なおも彼の肩を抱く手にぎゅっと力を込め、殆《ほとん》ど胸に抱き寄せてやって初めて彼は僕の意図に気づいたようで、

「よせって」

と頬を染め、僕の腕から逃れようとした。

「……だからスーパーね」

ぼそ、と傍らで呟《つぶや》いている富岡に、僕はまたもわざとらしく、

「こんばんは」

と彼の肩を強引に抱いたまま、にっこり微笑みかけてやった。

「どうも。いつも田宮さんには『大変』、お世話になってます」

まるで負け惜しみのようなやけくそ加減で、富岡は僕に無理に作った笑顔を向け、ぺこりと頭を下げてきた。

「世話なんかしてないだろ」

慌てたように口を挟んでくる彼の肩をしっかり抱き締め、僕は負けじと——我ながら子供じみた闘争心だと呆れずにはいられない——再び富岡に向かい合った。

「いえいえ、こちらこそ。普段はウチの嫁が『大変』お世話になっとるそうで」

「嫁？」

呆れたような彼の声に、心底悔しそうな富岡の声が被《かぶ》さる。

「そうか……だから『主婦』か」

「お前まで納得するな！」

真っ赤な顔をして叫ぶ彼の肩を抱き直し、

「帰ろか」

と顔を覗き込むと、彼は「もう」と口を尖《とが》らせながらも、うん、と頷き、

「それじゃな」

と肩越しに富岡を振り返り手を振った。無益な言い争いにかまけているよりは、二人の時間を少しでも長く満喫したいという思いは、互いに通じているらしい。

「お疲れさまでした」

ぶすりと不機嫌そうに挨拶を返す富岡に、一応念押ししておこうと、

「あまりウチの嫁にちょっかいかけんといてな」

振り返りしなにそう言った僕の胸を、彼がどんと突いてくる。

「……馬鹿じゃないか？」

呆れたように僕を見上げる茶色がかった大きな瞳。まだ火照《ほて》りの引かぬ薔薇《ばら》色の頰《ほお》。腕の中のあまりに愛しい彼の顔に我知らず僕の顔が近づいていく。

「ちょっと、こんなところで……」

慌てて身体《からだ》を引こうとした彼の背をぎゅっと抱き寄せ、頰に唇を押し当てようとしたとき、

「僕、不倫でも全然構いませんからっ」

いきなり後ろから響いてきた富岡の大声に、僕たちは思わず顔を見合わせ、彼を振り返ってしまった。

「君が構わんでも僕が構うわ」

怒鳴り返した僕の腕を、彼が強引に振り払う。

「二人とも、ここが往来ということ忘れてないか?」

もう、どいつもこいつも、と憤《いきどお》りながら彼は一人足早に駅への道を歩き出す。周囲の注目を集めていることに耐えられなくなったらしい。

「ごろちゃん、かんにん」

慌ててあとを追い、腕を摑《つか》んで引き寄せると、彼は「まったく」と口を尖らせながらも歩調を緩めてくれた。

「ついつい対抗してもうたわ」

「……俺だって『構う』から」

「え?」

ぼそりと告げられた彼の言葉の、目的語に気づいた瞬間、胸に溢《あふ》れる愛しさを抑えきれずに僕は思わず彼の肩を抱き寄せ、頰に唇を押し当ててしまった。

「だから……」

往来で、と怒声を上げかけた彼の耳元に、

「往来ではココ止まりやね」

と囁《ささや》きかけてやる。

「馬鹿じゃないか」

呆れたように言いながらも肩を抱き寄せた僕の胸に、彼が身体を寄せてくる。

「往来ではできんことをしに、はよウチ帰ろ」

「馬鹿」

悪態をつきながらも僕の背に腕を回し、ぎゅっと背広を摑んできた彼に、ますます愛しさが募ってゆく。僕は彼の華奢な肩をぎゅっと抱き締め、一刻も早く二人だけの時間を共有できる場所に——二人の家に帰ろうと、彼と共に足を速めた。

まー僕は毎日の大半を田宮さんと過ごしているわけですよ
起きてる時間のほとんどですから一緒に暮らしてるようなもの…
いやいや
僕らは短くても密度の濃ゆ～い時間を過ごしてますから！
質より量なんて空しいだけですわ
お前らいい加減にしろよ！
今日は杉本さんも見舞いに来てくれてるんだぞっ
まあまあ
ここはひとつ彼らだけにしてやろうぜ
？
え？
ええ？？
富岡ってお前と仲良くなる前はずいぶん絡んでただろ
好きな子ほどいじめちゃうってタイプなんだろうなあ
まーそのうち高梨さんにも懐くって！
はぁ…
大物かド天然か…

あとがき

はじめまして&こんにちは。愁堂れなです。この度は四十冊目！　のルチル文庫となりました『罪な悪戯』をお手に取ってくださり、本当にどうもありがとうございました。

罪シリーズ第三弾の文庫化です。久々に読み返してみて、本作で初めてトミーと良平は会ったのか！　と懐かしく思い出しました。二人のバトルもここから始まったのですね。

本篇に加え、このあとがきのあとにトミー視点のショートを書き下ろしました。既読の方にも未読の方にも少しでも楽しんでいただけるといいなとお祈りしています。

今回も陸裕千景子先生がイラストをすべて描き下ろしてくださいました。ノベルズ時も感動でしたが、今回も本当に感動の嵐で！　こんなに幸せでいいのかしら、と夢見心地です。お忙しい中、素晴らしいイラストを本当にどうもありがとうございました。

また、担当のO様をはじめ、本書発行に携わってくださいましたすべての皆様に、この場をお借りいたしまして御礼申し上げます。

本作はドラマCDにもしていただいたのですが、収録時に三条役のキャスト様の演技が鳥肌が立つほど素晴らしく（勿論ほかのキャスト様の演技も素晴らしかったのですが）、ブースにいた皆で声を失ったことを思い出しました。CDの復刻版やDL版の目処はまったく立っていないのですが、いつの日にか皆様にまたお届けできるといいなと祈らずにはいられません。

今年の十月でデビュー十周年を迎えたのですが、デビュー作である罪シリーズも皆様のおかげで十周年を迎えることができました。今後もシリーズをずっと続けていけるよう頑張りますので、これからも応援、宜しくお願い申し上げます。

来年二月発売の罪シリーズ新作は、シリーズ十周年を記念しスペシャルエディションにしたいなと考えています。よろしかったらどうぞお手に取ってみてくださいね。

皆様にまたお目にかかれますことを切にお祈りしています。

平成二十四年十一月吉日

愁堂れな

病院を抜け出すという無茶をしたため、一週間程度の入院ですむはずが、三週間もの長期欠勤となってしまった。

仕事面ではさぞ皆に迷惑をかけたと思う。言っちゃなんだが、課内では誰より働いている自負がある。今日退院し、明日出社すると連絡を入れた際、電話の向こうで課長は心底安堵した声を出していた。

復帰するのが怖いな、と、書類が山積みになっている自分の席を想像し肩を竦めつつも、少し得意に感じてしまうのは、それだけ必要とされていると実感するからだ。

企業戦士はいくらでも代わりがきくとわかっちゃいるが、そこに『僕でなければ』という意義をどうしても求めてしまう。それが仕事へのやり甲斐に繋がるわけで、課長の『安堵』も演技かもしれないが、まあ、そこは騙されていたほうが幸せというものだろう。

退院は平日の午前中。親は来ると言ったが断った。怪我を負った場所が東高円寺だったために入院先も新宿の病院となった。わざわざ来てもらうのは申し訳ないと思ったからなのだが、それが我が身の幸運に繋がることまではさすがの僕も予測していなかった。

荷物をまとめ、それなりに連帯感を抱いていた同室の仲間に挨拶をして会計へと向かう。松葉杖の世話になる必要はないが、若干、足を引きずることにはなった。折れた足ではないほうの靱帯を伸ばしてしまったのだが、まあ、そのうちに完治するだろう。

会計をすませて病院を出、荷物もあったのでタクシー乗り場へと向かう。自宅までタクシーとは張り込めないが、東京駅くらいまでは乗ろうかと思ったためなのだが、そのとき視界に信じがたい光景が飛び込んできて、驚いたあまり僕はその場に立ち尽くしてしまった。

運悪く一台も空車が停まっていなかったタクシー乗り場にタクシーが走り込んできたのだが、その車から降り立ったのは誰あろう——田宮さんだったのだ。

「あ」

夢か、幻か。

それ以外に考えられないだろうと思っていたのに、突然現れたその『夢』だか『幻』が声を発したものだから、僕はようやく自分が目にしている光景を『現実』のものだと察することができ、ますます言葉を失ってしまったのだった。

「もう退院手続き、終わったのか？」

田宮さんが呆然と立ち尽くす僕に問いかけてくる。

「あ、はい」

こくんと頷いた自分の動作は、まるで操り人形か何かのように実に不自然なものとなった。

「送るよ」

田宮さんが、自分の乗ってきたタクシーを振り返り、僕に向かってぼそりと言い捨てる。

「……なんで？」

思わずその言葉が口から零れた。

僕は——未だに自分が夢の中にいるとしか思えずにいた。

このような幸運が我が身に起こるとは考えがたい。だいたい今日は平日だ。田宮さんがこの場にいるためには、フレックスか、もしくは半休をとらねばならない。

普段、あれほど僕に対しては、クール——というより邪険、といったほうがいいかもしれない——に接している彼が、まさか僕の退院に立ち会おうなんて考えるわけがない。

そう思っての問いかけだったのだが、答えを期待したわけではなかった。

声を発すれば夢は覚める——彼に関しては日常に希望がなさすぎるせいだろうか。どうしても夢としか思えず僕はつい、そんなことを考えてしまっていたのだが、彼のリアクションからこれが紛う方なき現実だとようやく思い知ることができたのだった。

「……そもそも怪我したのは俺のせいだったってこともあるし、それに、退院が延びたのも俺のせいだし……」

ぼそぼそと答える田宮さんを前に僕は、彼の性格のよさを改めて察していた。

「怪我は別に田宮さんのせいじゃないし、退院が延びたのも単に、僕がしたいことをした結果です。田宮さんが気にすることは何もないですよ」

実際、そのとおりだった。僕を駅の階段から突き落としたのは人事の三条で、動機は田宮さんにつきまとう僕をうざったく思ったためだと聞いたが、そのことに田宮さんが責任を感じる必要はない。反対側の足の靭帯を伸ばしたのも自己責任だ。田宮さんが僕に『助けて』と訴えかけてきたなんていう事実はない。

実際、そんなことがあったらもう、天にも昇る気持ちになるのに、と苦笑しつつ僕は、

「でも……」

と俯いた彼に「大丈夫です」と微笑んだ。

「せめて送らせてくれ」

「田宮さんとのドライブは魅力的だけど、給料日前ですよ？　ここから横浜だと軽く万越になっちゃうし」

だからいいですと笑うと、田宮さんは、一瞬、確かに、というような表情になったものの、頑なに「送る」と言い、僕の腕を摑んだ。

「いいのに」

「いいんだよ」

田宮さんが先に乗り込み、隣に僕を引きずり込む。

「行き先言えよ。家、確か横浜だったよな」

運転手に指示を、と促してきた田宮さんを見て、僕は思わず吹き出してしまった。

「なんかこの間と逆ですね」

「この間?」

問うてから田宮さんは、それがいつだか思い出したようだ。

「……ごめん」

頭を下げてきた彼に、そういうつもりで言ったんじゃなかった、と逆に僕は焦り、

「いいえ、そうじゃなくて」

と言い掛けたが、運転手がバックミラー越しに睨んでいるのに気づき、まずは行き先を告げることにした。

「東京駅、お願いします」

「え?　家まで送るよ」

田宮さんがはっとしたように顔を上げる。

「いいんですか?　今日、ウチ、親も誰も家にいませんよ?」

そう言うと田宮さんは、きょとん、とした顔になった。

「それが?」

「だから……」

「お客さん、東京駅なの?　横浜なの?」

東京駅までと横浜まででは料金が倍じゃきかないくらいに違う。運転手がいらだった声を出す気持ちもわかる、と内心彼に同情しつつ僕は田宮さんが口を開くより前に、

「東京駅で」

と指示を出した。

「いいのに……」

走り出した車中で、田宮さんが不満げに口を尖らせる。

「それより、会社、どうです？　僕がいなくて大変でした？」

本当なら僕も横浜まで田宮さんと、こんな密閉された空間で二人きりの時間を過ごしたい。千載一遇のチャンスだし、とは思うのだが、田宮さんがいい人すぎてその『チャンス』に乗っかれない。

そんな僕もたいがい『いい人』だよなと馬鹿馬鹿しい自画自賛を心の中でしながら、本来聞きたいことを聞く前段階として、会社のことに話題を振った。

「うん。課長も課長代理も痩せ衰えてる。お前の退院を待ちわびてるよ」

「お世辞としても嬉しいな」

そう言ってもらえると、と笑うと、

「世辞じゃなくて、本当に大変そうだったよ」

と田宮さんが淡々と答える。まあ、彼は世辞を言うタイプじゃないものな、と一人頷き、本題へと入ることにした。

「三条逮捕で、マスコミ対策とか、大変だったんじゃないですか？」

「うん。凄かった」

それはもう、と大きく頷いた彼に、

「田宮さんは？　大丈夫だった？」

と尋ねると、なぜだか田宮さんはぶっきらぼうな口調になり、ぼそ、とこう呟いた。

「俺のことは、警察がマスコミに発表しなかったから……」

「ああ、良平の手回しがよかったんですね」

ぶっきらぼうな口調になったのは照れたからだ。よく見ると彼の頰には微かに朱が走っていた。

まったくもっておもしろくない、と肩を竦めた僕を田宮さんはじろ、と睨んできた。

「お前が『良平』って言うなよな」

「その良平には言ったの？　今日、僕の退院に立ち会うって」

嫌がらせの意味もこめてまた『良平』と言ってやる。

「言ってないけど」

「言ったら妬くんじゃないの？」

更に意地悪を言うと、う、と言葉に詰まったので、この辺にしておくか、とまた話題を事件に戻した。

「三条が殺人の罪まで犯していたのは驚きでしたね。それ以上に驚いたのは西村の慧眼《けいがん》だったけど」

「慧眼？」

問い返してからその『慧眼』が三条がゲイと見抜いたことだと気づいたらしい。田宮さんは「ああ」と言ったきり、少し複雑そうな顔で俯いた。

「あいつ『自分になびかないからあいつはホモだ』とか言ってたんで、根拠はソレかよってずっこけたんだけど、あながち間違ってなかったですよね」

なぜだか沈んだ表情となってしまった田宮さんに笑ってほしくて、西村をネタにさせてもらう。と、田宮さんはやにわに顔を上げ、僕をじっと見つめてきた。

「なんです？」

何か言いたげな彼に顔を寄せ問いかける。

「近い」

田宮さんはあからさまにいやそうな顔をし、身体を引くと「なあ」と口を開いた。

「はい」

「三条がお前を突き落とした理由、りょうへ……警察から聞いたか？」

「一通りは」

三条は僕を自分の劣化コピーと——失礼な話だ——思っていた。その僕が田宮さんにちょっかいを出すのが許せなかった、というんじゃなかったか。

そう言うと田宮さんは暫し黙り込んだあと、ぽつ、と言葉を漏らした。

「お前のことが妬ましかったんだってさ」

「妬ましい？　すべてにおいて自分に勝っているところが？」

冗談じゃなかったのに田宮さんは「違うよ」と笑い、説明を足した。

「売り言葉に買い言葉だったんだろうけど、お前が人事で『ホモのどこが悪い』と怒鳴ったのを見て、こうも堂々と自分の性的指向を宣言できるお前が妬ましかったんだって。三条課長は自分がゲイであることをひた隠しにしてたから……」

「まあ、田宮さんの言ったとおり、あれは売り言葉に買い言葉だったし、実際ホモかと言われたらちょっと自信ないですが」

カミングアウトのつもりはなかった。が、世間にどうとられようが僕は僕だ。

ホモだと後ろ指指したい奴は指せばいい。別に誰にどう思われようとも関係ない。

ただ一人、この気持ちを誤解なく受け取ってほしい人がいるけれど、と僕は唯一無二のその人に向かって——田宮さんに向かって、恒例となりつつある言葉を告げる。

「僕が田宮さんを好きなのは事実ですから。人がそれをどう思おうが関係ないですし、何か言わせたい奴には言わせとけと思ってますよ」

「お前は……」

ここで僕はそれこそ恒例の『馬鹿じゃないか』が出るものだとばかり思っていた。Mの気《け》はないがそれを待っていた部分もある。が、田宮さんは『お前は』と言ったきり絶句し、しばらく口を開かなかった。

「？」

どうしたのか、と顔を覗き込む。

「俺もお前がちょっと、妬ましくなった」

視線を感じたらしい田宮さんは僕を見ると、苦笑するように微笑みそう告げた。

「妬ましい？」

どこが、と素でわからず問い返す。と、ここで邪魔が入った。

「お客さん、東京駅は八重洲でいい？」

「あ、はい」

もう到着か、と窓の外を見た僕の耳に、田宮さんの小さな声が響いた。

「俺も、堂々としなきゃ、だな」

田宮さんもおそらく僕同様、もともとゲイというわけではなく、好きになった相手が男だったというにすぎないのだろう。しかもその『男』は警視庁の刑事である。ゲイに対する世間の目は昔ほど厳しくないとはいえ、さすがに公務員の立場からすると、隠しておいたほうがいいのではと思っているに違いない。

それは田宮さんの優しさであって、三条が自身の性指向を隠したいと思っていたのとは動機が違う。そう言ってやりたかったが、僕ごときに言われたところで彼の気は休まらないだろうとわかっているだけに、ここはおちゃらけることにした。

「それは僕が妬ましく思うんでやめてください」

「馬鹿じゃないか」

恒例の『馬鹿じゃないか』が出たところで、車は東京駅に到着した。

「このまま、会社に乗っていきますよね」

かかった運賃のほぼ半額、二千円を手渡しながら、開いたドアから下りようとする。

「金はいいって」

「その分、今度おごってください」

突き返してくる千円札二枚を押し戻すと、

「ありがとうございました」

と礼を言い、車を降りた。

「……ありがとな」

ドアが閉まる直前、僕は確かに田宮さんが目を伏せたままそう告げたのを聞いた。

その『礼』が何にあてられたものかは、彼に聞かない限り正確なところはわからない。おそらく、恋人を思う自分の心情を理解してくれてありがとう、という意味だろうが、そんなことで礼なんて言ってほしくないんだけれど、と僕は思わず一人、苦笑してしまいながらも、明日からまたその恋人以上に長時間、ともに過ごせる会社に戻れる我が身の幸せをしみじみと噛みしめつつ、田宮さんの乗ったタクシーがその会社へと向かうのを暫し見送ったのだった。

✦初出　罪な悪戯……………アイノベルズ「罪な悪戯」(2004年5月)
Happening ………アイノベルズ「罪な悪戯」(2004年5月)
ジェラシーの理由…書き下ろし

愁堂れな先生、陸裕千景子先生へのお便り、本作品に関するご意見、ご感想などは
〒151-0051 東京都渋谷区千駄ヶ谷 4-9-7
幻冬舎コミックス　ルチル文庫「罪な悪戯」係まで。

幻冬舎ルチル文庫

罪な悪戯

2012年12月20日　第1刷発行

✦著者	愁堂れな　しゅうどう れな
✦発行人	伊藤嘉彦
✦発行元	株式会社 幻冬舎コミックス 〒151-0051 東京都渋谷区千駄ヶ谷 4-9-7 電話 03(5411)6432[編集]
✦発売元	株式会社 幻冬舎 〒151-0051 東京都渋谷区千駄ヶ谷 4-9-7 電話 03(5411)6222[営業] 振替 00120-8-767643
✦印刷・製本所	中央精版印刷株式会社

✦検印廃止

ISBN978-4-344-82699-1　C0193　Printed in Japan